目次

絵　門馬則雄
装丁　祖父江慎＋鯉沼恵一（コズフィッシュ）

東京日記5　赤いゾンビ、青いゾンビ。

「エア秘書」その1（純也）。

二月某日　曇

この職業についてから、「あれ？」と思うことが、時々ある。

それは、お手伝いさんと秘書のことである。

どうやら、世間の一部の人たちは、「小説家」の家には、「お手伝いさん」と「秘書」がいるものと、思いこんでいるようなのである。

証拠その1　わたし宛てにかかってきた電話に、次男（家電でのやりとりが普通だった時代、まだ声がわりしていなかった次男は、しばしば女の子にまちがえられた）が出ると、何回かに一度の割合で、「お手伝いの方ですか」「秘書の方ですか」「メイドさんですか」（当時「メイド喫茶」等の「メイド」アイテムは存在しなかったので、純粋に「使用人」の意味として使用されたとおぼしい）と言われた。

証拠その2　秘書にやとってもらえませんか、という申し出を、かつて三回受けたことがある。

証拠その3　秘書宛てのファックスをもらったことが、しばしばある。

証拠その4　宅急便を自分で出しにゆく、夕飯の買い物やしたくを自分でする、という内容のことが会話に出てくると、「えっ、そんなことを自分でするんですか」と、驚く人がいる。

実際には、かつて一度も「秘書」と「お手伝いさん」がわたしのところにいたことはないので、次男が出た電話相手や、秘書宛てのファックスを送ってきた人たちは、すべてそこにいない「エアお手伝いさん」や「エア秘書」に電話したりファックスを送ってきたわけである。

ということで、家の中には、じつは二人の「エアお手伝いさん」と、三人の「エア秘書」が存在しているのである、と、突然決める。

今日からうちには、それらあわせて五人の人たち（うち女が三人・男は二人）が、そのへんをうろちょろしているので、注意すること。家人にそう宣言すると、ものすごく迷惑そうな顔をされる。

二月某日　晴

「エア秘書」が、ちっとも役立たない。

ことに、「エア男秘書」その1（純也）が、まるでだめ。ごく簡単な宛て名書きを頼んでも、しまいまで書かずに、寝そべってドラクエを始めてしまう。しかたなく、「エア男秘書」その2（山本）に宛て名書きの続きと、今月の締め切りの確認を頼む。

「わたくしは、そのような単純作業はかえって不得意なのですが」と言いながらも、山本、いそいそと作業をこなす。実は山本は、頭を使う複雑な作業はどちらかといえば不得意で、単純作業の方があきらかに向いているのだが、もちろん面と向かっては指摘しない。秘書を不機嫌にしては、仕事にさしつかえるからだ。

「エア女秘書」（美羽）には、お礼状を二通書くよう、命ずる。二通書くのに、二ヵ月以上はかかる見込み。

二月某日　晴

今日は、「エアお手伝いさん」その1（酒井さん）に、窓ふきを頼む。はりきってぬれ雑巾でごしごしこすり始めたまではいいのだけれど、

「この大きい窓だと、腕があっちの外側の隅まで届きません」

「あまりに長い間窓ふきをしていなかったから、いくらこすっても汚れが落ちません」

「もう飽きました」

「もうやめにします」

と、根気のないこと、はなはだしい。しかたなく、「エアお手伝いさん」その2（花梨ちゃん）に続きを頼んだら、

「いや。めんどくさい」

と、即座に断られる。

二月某日　晴

毎日毎日、五人の「エア秘書」・「エア秘書」・「エアお手伝いさん」に翻弄されて、へとへとへと。

もちろん、「エア秘書」・「エアお手伝いさん」五人を、今この瞬間にも馘(くび)にする（エアごっこをやめる）ことは可能なのだけれど、秘書とお手伝いさんがあわせて五人もいる日々があまりに画期的で、なかなか彼らを解雇する（しつこいようだが、五人に分散している自分を、元のわたしに収斂させる）ことができない。ということで今日も、世界一無能で根気のない彼らを動かすべく、朝から奮闘。

告白します。

三月某日　晴

姪の中学入学祝いにと、図書カードを買いに行く。

「デザインは、どれにいたしましょう」

と、本屋さんのおにいさんが、何種類もの模様のカード見本を見せてくれる。

小学校を卒業しようという女の子が好きそうな模様を選ぶべく、じっくり見入る。

やはりここは、ピーターラビットだな。そう決めて、決定をおごそかに口にする。

けれど、

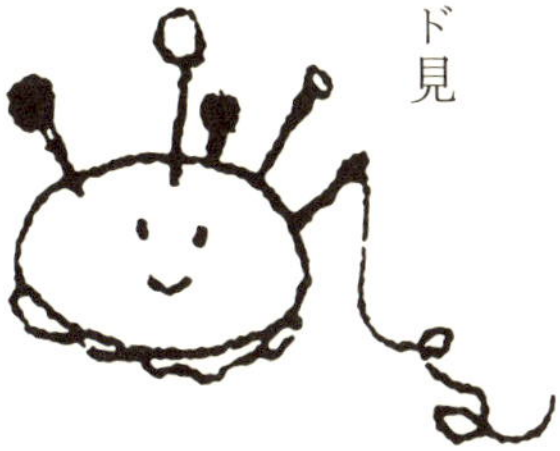

「そのピーターラビットのにします」

と言うかわりに、

「その、へんに人くさいウサギのにします」

と言ってしまう。

もしやこれは、自分の中にある、ピーターラビットへの無意識の屈折した愛憎の発露か!?

今後、ミッフィー・キティ・スヌーピー・某ランドのネズミ・くまモン等々に対する屈折をうっかり発露しないよう、厳重に注意することと、心に期する（チェブラーシカに関しては屈折していないから、大丈夫）。

三月某日　晴

思いついて、昨年末に人からいただいたシクラメンの鉢植えを、いつものおぐらい場所ではなく、一日じゅうよく日の当たる場所に移してやる。

（これでますます花をつけることだろうて）

と思いつつ、二時間後に見ると、まっすぐに立ってたわわに花を咲かせて

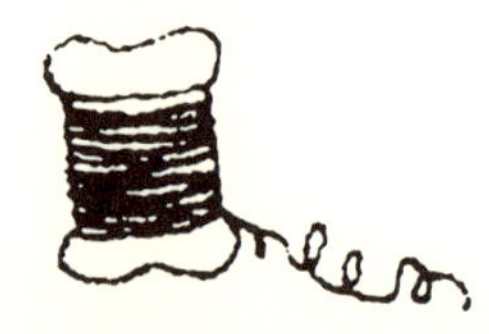

いた茎が、すべてぐんにゃりと倒れている。

それまでは、ケーキにさされたろうそくとその炎のようにぴんと上を向いていた花が、突然四方八方に広がって、葉っぱよりも下方にたれさがってしまったのである。

ひっ、と叫んで、その場で小さくくるくる回る。もちろん、回ってもシクラメンは回復せず。ガーデニングに詳しい知人に電話して聞くと、シクラメンは暑さに弱いとのこと、すぐさま寒いお風呂場の床に移す。

翌朝見ると、茎は元に戻っている。ほっと胸をなでおろす。

三月某日　晴

でも、シクラメンのあのびろんと広がった異様なさまが、どうしても記憶から去らない。怖いのだけれど、もう一度見たくてしかたない。

シクラメンを、ふたたび日の当たる場所に置く。二時間して、行ってみる。茎はすべてぐんにゃり倒れている。ひーっと叫び、風呂場に移してやる。

ということを、三月中だけであと二回おこなったことを、ここに告白いたたします。

三月某日　曇

近所に、「世界一気楽な店」という名の、小さな居酒屋がある。

カウンターだけの店である。

おかみは、カウンターの中ではなく、カウンターのお客側の椅子に座り、いつもガラスのがらり扉ごしに、外をじっと見ている。

店の外にさがっている黒板には、その日の品書きがチョークで書いてある。

その字は、いつも少し曲がっている。

ちくわ。骨せんべい。ちょろぎ。魚スープ。

というのが、ここ一週間の品書きである。

お客が入っているのを目撃したことは、一度もない。

さまざまな意味で、不明な店である。

挑戦する勇気は、まだない。

吉祥寺で、いろいろ、見る。

四月某日　晴

吉祥寺の街に出てみる。

二時間のうちに、Mさんと、Gさんと、Sさんと、違うMさんと、Uさんの姿を見る。

これって、学校の休み時間のお手洗いの中で友だちに会うよりも、もしかすると、高い頻度ではないのか？

なんだか怖いので、どの人の時も電柱などの陰に隠れ、見つからないようにする。

四月某日　晴

また吉祥寺の街に出てみる。

Dさんと、Kさんと、Yさんの姿を見る。

この前と同じく、柱やビルの陰に隠れて、事なきをえる。

今まで吉祥寺駅近辺に住んで十数年、街で知り合いの姿を見たことなど、ほとんどなかったのに、これはどうしたことだろう。

四月某日　晴

吉祥寺から電車に乗る。

ものすごく大股びらきをして座っている、会社に入ったばかりらしき娘さん（就業規則をじっと読んでいる）を見る。

もちろんパンツは、まるだしである。

四月某日　晴

吉祥寺を散歩。

腰までの短いシャツに、レギンスだけをはいて堂々と歩いている、ぽっち

ゃりめの娘さんを見る。

何度見ても、お尻が、まるだしである。

四月某日　晴

吉祥寺のジムで、運動体験をしてみる。

女子更衣室でこそこそ着がえていたら、バスタオルをまきつけた六十代くらいの女性がのしのし歩きまわっている。

ふつう、バスタオルをまきつける時は、胸が隠れるくらいの場所にタオルをぎゅっとまきつけるものだと思うのだけれど、女性はおへその上の位置にタオルをまきつけている。

いきおい、両方のたれたおっぱいが、まるだしである。

お手洗いでも、ロッカーの周辺でも、ドライヤーなどのそなえてある鏡周辺でも、出口にごく近い場所でも、女性はおっぱいまるだしのまま、のしのしと歩きまわっている。

吉祥寺近辺の娘さん及びおばさまがたの間で、もしかすると「まるだし」

がはやっているのだろうか。

四月某日　晴

ちかごろの、吉祥寺でのさまざまな見聞に疲れて、いちにち家にいる。こうしてわたしがじっと家に蟄居している間も、吉祥寺では、無数の知人たち、そしていろいろまるだしの娘さんやおばさまがたが、闊歩しているのだろうか。

途方もなく胸がどきどきしてきて、しばらく寝つく。そののち、がばりと起き上がって大掃除。

おそるべき結婚。

五月某日　雨

飲み屋さんのカウンターのはしっこに座っていた、古本屋づとめの男の人に聞いた話。
江戸時代の古本には、死番虫（しばんむし）という虫がつく。
死番虫は、たばこに弱い。
けれどたばこに強い死番虫も、いる。
そちらの死番虫は、たばこ死番虫、と呼ばれている。
死番虫は、通常の本につく紙魚（しみ）とは、まったく違う種類の虫である。
自分（古本屋の男の人）は、死番虫がけっこう好きである。

五月某日　曇

飲み屋さんで、隣の五十代とおぼしきカップルの会話に耳をすませる。

とてもていねいな言葉づかいのカップルである。

どうやら京都の話をしているらしい。

「京都には、外国人さんがうじょうじょいらっしゃるから」

「ほんと、うじょうじょいらっしゃるわよね」

「でも、京都の外国人さんたちは、癒されていらっしゃるから」

「ほんと、癒されていらっしゃるから、いいわよね」

「東京の外国人さんたちは、だめでおられるような気がするな」

「そんなにだめでおられるってわけでもないんじゃないかしら」

何かの罰ゲームなのか？

五月某日　晴

編集者と、打ち合わせ。

途中で、結婚の話になる。

「結婚て、いったい何ですか」

と、聞いてみる。わたしは結婚の途中で別居および離婚などしており、結婚についてはよくわかっていないような気がするので、時々人に聞いてみることにしているのだ。

「結婚ねえ」

二十年ほど前に結婚してそのままちゃんと家庭をいとなんでいる編集者は、少し首をかしげた。

「あの、同じ言葉を何回も口の中で繰り返してると、その言葉が空中分解したようになって、さっぱり意味がわからなくなっちゃうことが、あるじゃないですか。長く続けると、結婚って、ああいう感じになってくるような気がしますよ。ほら、何て言うんでしたっけ。あそうだ、ゲシュタルト崩壊だ」

ゲシュタルト崩壊ですよ、うん、ゲシュタルト崩壊。編集者は、ゆっくりと繰り返すのだった。

五月某日　晴

編集者（この前のゲシュタルト崩壊とは違う人）と、打ち合わせ。仕事の話が終わったのちに、また結婚のことを聞いてみる。

「結婚ですか。結婚はねえ。すごいもんですよ、それも、三十年もの以上の結婚はねえ」

　三十年ものとか、三十五年ものとか、いろいろ、すごいんですよお。編集者は、ゆっくりと続けた。

「三十年もの。なんだか梅干しみたいですね」

「三十年もの、三十五年もの、四十年もの、四十五年もの、五十年もの、どんどんすごいことになっていくんですよお」

　編集者は、半眼になっている。そして、まるで呪いの言葉をつぶやくように、「三十年もの」、「四十年もの」、「五十年もの」と、繰り返し続けるのだった。

青黒い。

六月某日　晴

「性欲」がテーマの連作短篇集を、今年はじめに上梓したため、このところ「性欲」についてのコメントを求められる日々が続いている。

今日は神保町に、雑誌『ユリイカ』の「女子とエロ」という特集のための対談に行く。

ミルクレープを食べ、紅茶を飲みながら、対談相手の男性作家T橋さんにたくさんの質問をする。T橋さんはとてもいい人なので、すべてのエロス関係の質問に、ていねいに答えてくれる。

中でいちばん驚いたのは、

「セックスのあと、男はいつも哀しいんです」

というT橋さんの言葉に、

「でも、毎回必ず、哀しいんですか。たまには、哀しくなくてあっけらかんとしている時もあるんじゃないんですか」

と聞くと、

「いいえ、必ず哀しいんです。毎回、もれなくです」

とT橋さんが答えたことである。

毎回、もれなく？　一回の例外もなく？

六月某日　曇

というわけで、身の回りの男の人の知り合いに会うたびに、

「セックスのあとって、哀しいんですか？　もしそうだとしたら、毎回ですか？」

と、聞きまくる。

その結果は、以下のとおり。

「毎回必ず哀しい」10%

「けっこういつも哀しいが、毎回ではない」30%
「たまに、哀しいような気がする」20%
「今までに一回くらい、哀しかったような気がする」10%
「ぜんぜん哀しくない」30%

ちなみに、「哀しくない」との回答の人には、「哀しくないとしたら、どういう感じなんですか」とも、聞いてみた。その結果の答えは、以下のとおり。

「ばりばり」
「相手を愛してると感じる」
「たんに、ふつうに爽快」
「生きてきて四十年、でもあんまりセックスをしたことがないからよくわからない」
「青黒い感じ」

勉強に、なります。

六月某日　晴

セックスについての質問に疲れて、街に出る。
街はよく晴れていて、ぜんたいにクリーム色な感じである。
クリーム色な中でくつしたと魚を買い、池のほとりをめぐって帰る。

六月某日　晴

今日の街は、うす赤い感じ。
うす赤い中で新幹線の回数券を買い、池のほとりをめぐって帰る。

六月某日　晴

今日の街は、うす緑な感じ。
うす緑の中で食パンを買い、銀行で記帳してから、池のほとりをめぐって帰る。

六月某日　曇

今日の街は、うす青い感じ。かなり「青黒い感じ」に近いが、やはりぜんぜんほんものの「青黒い感じ」とは違うのだと思う。

ああ、どうか一度でいいから味わってみたい……「セックスのあとの青黒い感じ」。

沼の生きもの。

七月某日　晴

「沼に住む生きもの会議」に出席するよう、お隣から言いつかる。

お隣は、地区班の班長なのである。

「いつもは、わたしが出席してるんだけれど、ちょっと腰を悪くしちゃって。まあ、顔出せばそれですむから、お願い」

沼。生きもの。まったく状況がつかめない。

「あ、あの、『沼に住む生きもの会議』って、いったい何なんですか」

「何って、沼に住む生きものがやってきて、いろいろ論議する会に決まってるじゃない」

手をひらひらさせ、ほんとこの人は何ばかなこと聞いてくるの、という顔で、班長は答えた。

それ以上何も聞けなくなって、すごすごと家に戻る。

七月某日　曇

いよいよ「沼に住む生きもの会議」の日となる。

ノートと、シャーペンと、消しゴムと、老眼鏡と、あとは念のために濡れティッシュ（なにしろ沼なので）と、それから仁丹（気つけ薬として）をかばんに入れてゆく。

会場の公民館の受付で、名札を渡される。「七区班長」という札を胸につけ、ぐるりを見回すと、沼に住む生きものたちも、それぞれ胸に札をつけている。

「緑色の沼代表」

「泥沼代表」

「底無し沼代表」

「沼以下代表」

などなど。

沼に住む生きものは、ほとんど人間と同じ姿かたちをしている。ただ、鼻が二つの穴だけであること、それから、水をしたたらせているため、足もとに小さな水たまりができていることだけが、異なる。

今日の議題は、「歳末共同募金をお金ではなくモノで出すことの可否」。

机の中央にはわら半紙が置いてあり、おせんべいや飴、干しぶどう、乾燥おたまじゃくし（沼の生きもの用と思われる）などが盛られているが、手を出す者はない。

議題については、まず二区の班長が今までの議事進行をざっと説明したのち、「底無し沼代表」が意見を述べた。

「ようするに、沼の生きものは通貨を持たないので、沼に沈んだ、自転車・台所用品・おもちゃ・果物・布類などを再利用したい所存であります」

底無し沼代表のその言葉に、会場はどよめいた。

三時間、会議は続いたが、結論は出ないまま終わる（ただし、果物についてだけは、「断固再利用拒否」が大多数を占め、可決される)。

七月某日　晴

お隣の、地区班班長に、「沼に住む生きもの会議」の報告をする。

「ねえ、どの沼の生きものが、好きだった?」

地区班班長は、目を輝かせて聞く。

「い、いや、みんな初対面なんで」

へどもどしていると、地区班班長はにやりと笑い、

「わたし、泥沼代表が、けっこうタイプ」

と言って、こちらの顔をじいっと覗きこんだ。

七月某日　晴

朝、ゴミを捨てに行くと、庭先にたくさんカエルがいる。

「カエルが」

と、ちょうどゴミを捨てに来たお隣の班長に訴えると、班長はしばらくカ

エルを見つめたのち、

「泥沼代表が、ゆうべ真夜中にやってきたに違いないわ。ちっ」

と舌打ちして、わたしをにらみつけた。

「きっと、気に入られたのよ」

班長は吐き捨てるように言い、素早く自分の家に入っていった。

「ちっ」「ちっ」「ちっ」

という、高らかな舌打ちが、班長の家からずっと聞こえてくる。カエルは、あわせて百匹ばかりが、元気にぴょんぴょんと跳んでいる。呆然と、たちすくむのみ。

大田原と、長谷川。

八月某日　晴のち大雨のち曇

下北沢に行く。
突然の豪雨と雷雨のため、駅の近くにあるお店で雨宿りをさせてもらう。
洋服店である。
スカートや、ブラウスや、Tシャツや、ズボンにまじって、ぬいぐるみも置いてある。
とてもかわいくてきれいなので、
「売り物ですか」
と聞くと、お店の人は静かに首を横にふり、
「いいえ、ここの住人です。ちなみに、その模様のあるヒトコブラクダは大

田原、首の長い山羊は、長谷川といいます」

と答えた。

八月某日　晴

原稿が進まない。

ネットで、「あなたが一番もてる年齢」というものを調べてみる。

川上弘美は、六歳。

ちぇっ、と言いながら、ためしに「かわかみひろみ」で調べると、こちらは、七十七歳。

ちなみに、長男は八十六歳で、次男は十七歳（すでに終わっている）。

ため息をついて、原稿に戻る。

八月某日　晴

原稿が進まない。

テレビでやっている世界陸上を見る。

「J・プタクコニコバ・スボボドバ」

という人が、棒を使って高く跳んでいる。

想像もつかない「J・プタクコニコバ・スボボドバ」さんの人生について、しばし思いをめぐらすが、やはりひとかけらも、彼女の人生は想像できない。

八月某日　晴

原稿が進まない。

なぜなら、頭の中に「しかるべき個室」という単語が充満しているからである。

いったい何なのだろう、「しかるべき個室」。

前ぶれもなしにその言葉は、頭の中に充満しはじめたものであり、このような現象はしばしば原稿が進まない時にあらわれる。非常に、困る。

八月某日　晴

原稿が進まない。

京都の友人に、久しぶりに電話してみる。

京都は、どうやらこの猛暑の年の東京よりも、さらに暑いらしい。

「一種の、生き地獄ですね」

だそうだ。

頭の中に充満する言葉が、「しかるべき個室」から「一種の、生き地獄」に変化したので、ほんの少し原稿が書きやすくなる。

遅くまで原稿書きをして、少しビールを飲んで、眠る。

「一種の、生き地獄」という言葉が、眠りに落ちようとする意識のまんなかの、とおい向こうの方に、ぼんやりと浮かんでいる。安らかに、入眠。

赤いゾンビ、青いゾンビ。

九月某日　晴

暑い日。

飲み会に行く。

帰ってくると、庭じゅうが草ぼうぼう。

むろん今日はじめてそのことに気がついたのではなく、夏じゅうずっと「ぼうぼうだ」「ぼうぼうだ」「ぼうぼうだ」と、くよくよしつつ、けれど決して草むしりに手をつけようとしていなかったのである。

お酒を飲んで気が大きくなっているためか、突然草むしりを始める。

午前零時から、暗闇の中、一時間ほどむしり続けて、満足する。

九月某日　曇

前の晩に草をむしったあとを、眺める。

雑草も、たしかになくなっているが、ささやかに生えていた雑草ではない草まで、なくなっている。

九月某日　晴

抜いてしまった雑草以外の草を悔やんで、昭和天皇の言葉、

「雑草という草はない」

を、ノートに何回も書いてみる。

どんな草にも名前はあるのだという意味の言葉である。ということは、そもそも雑草をむしらなければならないと悩んだ自分が、まちがっていたのである。雑草は、抜かなくてもいいのだ。そうだ、雑草ではなく「バカナスビ」「ギシギシ」「チカラシバ」「オオバコ」「タケニグサ」「コニシキソウ」などが、狭い庭にけなげに咲き乱

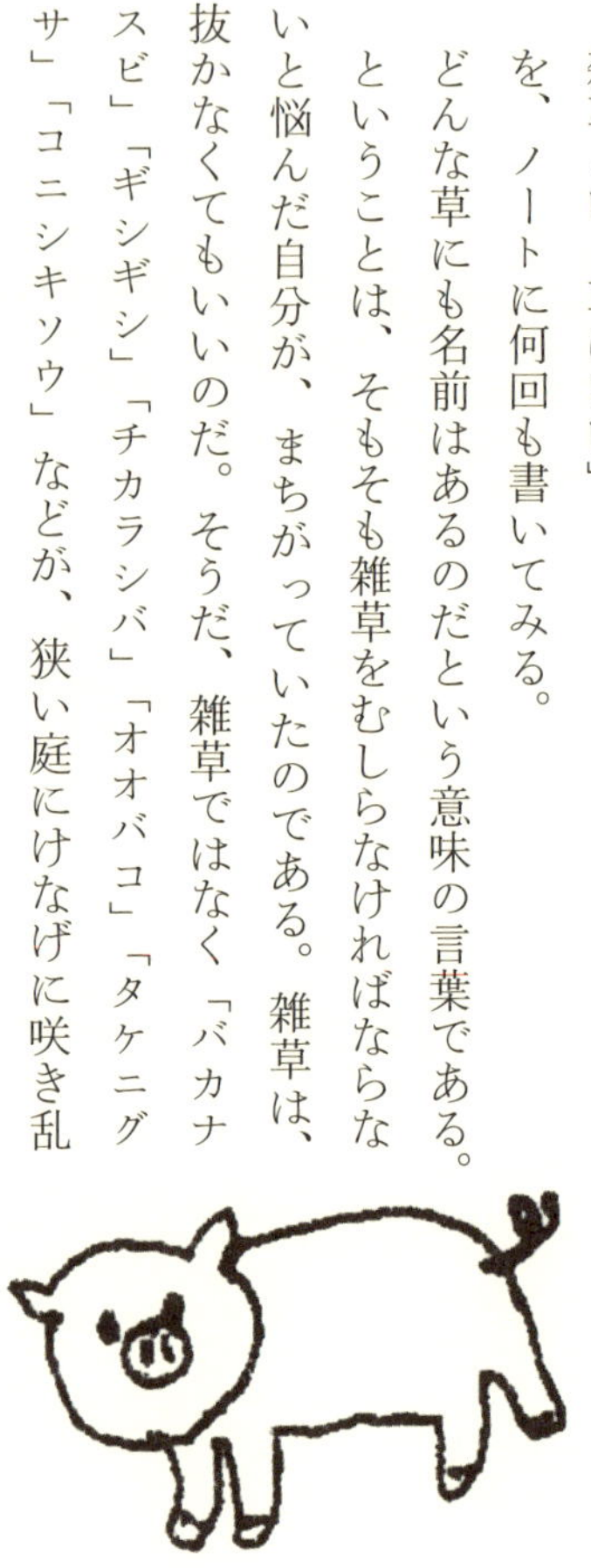

れていると思えばいいのだ。
十回、「雑草という草はない」と書いて、これを来年の夏の座右の銘とすることを、決意。

九月某日　雨

タクシーに乗る。
とてもよく喋る運転手さん。
降りる時、生まれてはじめて、タクシーの料金をまけてもらう（百二十円ぶん）。
「なんか、楽しかったから」
とのこと。
ちなみに、その時の運転手さんが喋ってくれたことは、以下の通り。

1．ついおととい、「堺正章」を乗せた（「石坂まさを」も乗せたことがある）。

2. 若いころの恋愛観（今でいう「草食系」）。

3. 百万円もらったら、何に使うか（寿司を毎晩食べて、たまに高級焼き肉屋に行く。ギャンブルは、しない。余ったら、戦闘機のプラモデルを買う）。

4. ゾンビの好き嫌い（青いゾンビにはなりたくないが、白や赤のゾンビならば、なってみてもいい）。

たぬきの国勢調査。

十月某日　晴

はじめて一緒に仕事をする編集者と、打ち合わせ。

仕事の話を少ししたのち、よもやま話。

「この前、島に行ってきましてね。ほら、ニュージーランドは、人の数より羊の数の方が多い、とか言うでしょう。それとおんなじで、その島は、人の数よりたぬきの数の方が多いんだそうです」

と、編集者。

「それ、どこの島ですか」

「日本の、西の方にある島です」

「どうやってたぬきの数を数えるんですか。家畜じゃないから、数を把握しにくくないですか」

「さあ。国勢調査とか?」

国勢調査? なんだか怪しい編集者だと内心で思いながらも、「たぬき」と、手帳に書きつける。

十月某日　晴

この前の編集者のことを、思い返す。

たぬきの国勢調査の話ののち、編集者は突然、

「オスプレイって、ミサゴって意味なんですよ。あの、鳥の。で、ミサゴは、ホバリングができるんです」

と、ささやいた。

ちなみに、ミサゴは、小説の打ち合わせとはまったく関係なし。そもそも「ミサゴ」という言葉を耳にしたのは、三十年ぶりくらい。

十月某日　晴

この前の編集者のことを、さらに思い返す。

ミサゴの話のあと、編集者はまた突然、

「先日、中部地方の島に行ったんです。ふぐが有名な島で。そこで、『ふぐの鶴盛りコンテスト』に弱冠二十三歳で入賞した若い板前に会いました」

と、無表情で言った。

「鶴盛りとは、何のことですか」

聞くと、編集者はまた無表情に、

「鶴が羽ばたいた形にふぐを盛りつけることです」

と、しごく真面目に答えるのだった。

十月某日　曇

引き続き、この前の編集者のことを、思い返す。

ふぐの鶴盛りの話ののち、編集者はまた前置きなしに、

「木村拓哉って、池上季実子と同一人物ですよね」

と言ったのだった。

編集者をしているよりも、この人は幻想小説でも書いた方がいいのではないだろうか。

十月某日　雨

酔っぱらう。

帰ってから、どうやって寝床に入ったのか、覚えていない。

翌朝見ると、床の上に、コート、くつ下、ピアス、iPod、ティッシュ、眼鏡が、この順番で、約三十センチ間隔で、生きもののように並んでいる。

不思議なことに、シャツとズボンとカーディガンは、ちゃんとたたんで引き出しにしまってある。

ちなみに、くつ下は、脱ぎっぱなしではなく、両方ともきちんと足のかたちに、平らにのしてありました。

近所のカップル。

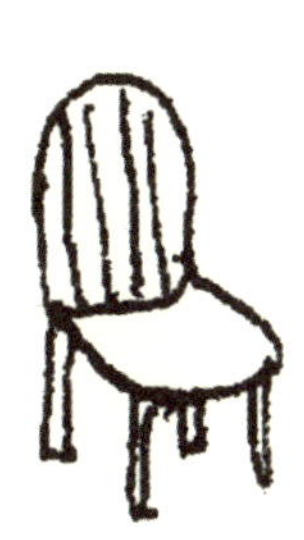

十一月某日　晴

「こないだ、夜の水道屋さんが来たの」

と、友だち。

夜の水道屋さん。それは、何のこと？　と聞くと、

「真夜中でもやって来てくれる水道屋さん」

とのこと。

仕事を終えて部屋に帰ったら、水漏れで床が水びたしになっていたので、
驚いて電話帳を調べたら、夜の水道屋さんの番号が見つかった由。

「つまり、二十四時間営業なわけね」

と言うと、友だち、ものすごく怒った顔になり、

「ちがうの、夜の水道屋さんなの」

と否定。

夜の水道屋。そのようなものがあるのなら、夜のガス屋、夜の電気屋、夜の訪問販売、夜のちり紙交換、夜のさおだけ売りなども、あるのだろうか。

嬉しいような、嬉しくないような。

十一月某日　晴

実は、この半年ほどの間、観察を続けていた対象があるのだ。

いつも乗るバス（同じ曜日の同じ時間）に必ず同乗している、一組のカップルである。

最初、カップルは、カップルではなかった。

六十代とおぼしき男性、そして超ミニをはいた、金髪縦ロールの四十代後半とおぼしき女性が、別々にそのバスに乗ってきていたのである。

ところが一ヵ月ほどたったある日、ふたりはカップルになっていた。

バス停前にあるベンチに、最初は並んで手をつないで座っていた。

次に見た時には、金髪縦ロールが、男性の膝の上に乗っていた。

二ヵ月後には、終点まで乗っていた金髪縦ロールが、男性の降りる途中のバス停で、一緒に降りるようになった。

三ヵ月後には、女性の金髪が地味な茶髪に変わった。

四ヵ月後には、女性の超ミニがただのミニに変わった。そして、いつも男性の前に立って歩いていたのが、男性の後につきしたがうようになった。

五ヵ月後には、女性の方から積極的にがっちりつないでいた手が、つながれなくなった。そして、常に少しだけおどおどと恥ずかしそうにしていた男性が、顔を上げて歩くようになった。

半年後の今日、女性と男性はまたカップルではなくなっていた。女性の髪はふたたび金髪縦ロールに戻り、スカートは最初の頃よりもさらに短いマイクロミニになった。男性の方は、目がうつろになり、白髪が急にふえていた。

二人の今後の幸せを祈りつつ、そっと手のひらをあわせる。

十一月某日　雨

バスのカップル（元）を、引き続き観察。

男性の髪が、明るい茶色のリーゼントになっている。

それから、スーツのズボンがだぼだぼしたものになっている。

あと、手首にじゃらじゃらと金色の鎖がまかれている。

もしかして、復縁を願ってのことだろうか。いろいろ、譲歩する気持ちになったのだろうか。でも、明らかに方向が間違っている。

おじさん、女性のファッションセンスは、どちらかというと、ゴス方面なのですよ。ヤ方面ではないのですよ。

と助言したいけれど、もちろん不可能。

女性の方は、十五センチほどのヒールの編み上げブーツに、真っ黒いエプロンのついた超ミニワンピース、黒い網のストッキング、二ヵ月ほど前のしょんぼりした感じはすっかり払拭され、のびのびとした表情で、バス停の前に群がるすずめを、足蹴にしていた。

タラ、買えず。

十二月某日　晴

忘年会。

だいぶん酔っぱらってきた頃、なんとなくパンツとブラジャーの話になる。

つねづね、

「勝負下着とか、世の女は頑張るけど、結局男なんて下着はさほど見ていないはず」

とたかをくくっていたわたしなのであるが、その自説を開陳するための前ふりとして、

「ねえねえ、ブラジャーとパンツがそろってないって、どう？」

と、男性陣に質問したところ、囂々（ごうごう）たる非難の嵐が。

「ブラジャーとパンツがばらばらな女なんて、許せない」

「セットじゃなくても、せめて色は統一してほしい」

「できれば薄紅色で」

「いや、金属みたく光ってるのがベスト」

「黒を男は好むって言われてるけど、ぼくは黒はいやだ」

唾をとばさんばかりの勢いで、全員が言いつのる。

それまでは静かに大人っぽく杯を傾けていたのが、嘘のような口角泡ぶりである。

ちなみに、

「金属みたく光ってるのなんて、どこで売ってるのさ」

と反論したところ、

「どこでも売ってるに決まってる、西友とか」

とのこと。本当に売ってるのか、メタリックブラジャーを、西友で？

十二月某日　晴

近所の魚屋さんに行く。

鱈を一匹、さほど高くない値段でせりに出ていたら、買ってきてもらう約束である。もしも高くて買えなければ、

「タラ、買えず」

というショートメールをもらうことになっていたが、メールは来なかったので、いそいそと出かけて行ったのだ。

ところが、鱈は高くて仕入れられなかったという。

「メール、来ませんでしたよ」

と言うと、魚屋のおじさん、首をかしげる。

「出したよ」

でも、来ていない。ということは、見知らぬ誰かの携帯に、

「タラ、買えず」

というメールが、唐突に受信されたことになる。さぞ、怖かったことだろうなあ。

十二月某日　雨

病院に、定期検診に行く。

MRIを受ける。

帰ってから、MRI友だち（やはり持病があって、定期的にMRIを受けている）に電話。

「あのね、実はわたしね」

「なに」

「MRIのあの、ガンガンガンガンっていう音」

「うん」

「大好きなの」

世間さまでは、騒音だの気に障る音だの言うけれど、さまざまな音程のさまざまなリズムで響くあの音が、わたしは最初から大好きだった由を、告白したのである。

「あたしも、大好き」

友だちは、すらりと答えた。

「だってあれ、ノイズミュージックだもん」
とのこと。そうか。あれは、ノイズミュージックだったんだ。目から鱗である。

十二月某日　晴

大晦日。
バスに乗る。
メンチカツと柔軟剤の匂いのまじった娘さんの隣に座る。
揚げ油と、中濃ソースと、フローラルがまじりあって、なんともいえない匂い。
今年も一年、おつかれさまでした、と、世界に向かって、心の中で唱える。

とても大きくて、くさい。

一月某日　晴

ひょんなことから、名字も名前も知らない人と、昼食をいっしょにとる。いきさつは、ちょっと長い話になるから、省略。

むこうも、もちろんこちらの名字や名前は知らない。

カフェでベーグルを食べながら、「知らないどうし」の会話を模索する。

結局、動物の話題におちつく。相手の人いわく、

「前に住んでいた家の近くには、孔雀がたくさん住んでいた。中でも、一羽の雄（名前はピーちゃん）は、とても大きくて立派だった。

ピーちゃんが発情期になると、大量の雌がやってき

て、いちにちじゅう交尾ダンスを踊った。

発情期ではない時期は、ピーちゃんはじっと木にとまって、とても大きくて、くさい糞を、いっぱいした」

とのこと。

対して、わたしも、

「吉祥寺の、夜中になると黒服の人がたくさん出てくる道ぞいに、ハクビシンの親子が住んでいる。

どうやら親子は、古い銭湯の裏のしげみに住まいがあるもよう」

と、話す。

二人で、ベーグルを食べながら、楽しくふんふんうなずきあって、交流を深める。

人間、互いに名前も出自も職業も何も知らなくても、話題さえ的確ならば、なごやかな雰囲気のうちに、二時間くらいすぐに過ぎてしまうものなのであった。

一月某日　晴

電車に乗る。

三つ子のおばあさんが、乗りこんでくる。

三人並んで、座席に座る。

おそろいのコム・デ・ギャルソン（たぶん）を、着ている。

座るなり、一人がかばんから毎日新聞を取り出し、株式欄と、スポーツ面と、社会面にわけて分配する。

読みおわると、順ぐりにまわしてゆく。

降車駅がくると、三人とも同時に立ちあがり、新聞をくしゃりと小わきにかかえ、素早く降りていった。

すべて、無言のうちに、おこなわれたことである。

一月某日　晴

電車に乗る。

三つ子のおばあさんのうち、二人が乗りこんでくる。

並んで、座席に座る。

おそろいのコム・デ・ギャルソン（たぶん）を、着ている。

座るなり、文庫本をそれぞれのかばんから取り出し、読みはじめる。

こっそり題を見たら、片方は東野圭吾の『白夜行』で、片方は東野圭吾の『容疑者Xの献身』だった。

降車駅がくると、二人とも同時に立ちあがり、文庫本を乱暴にかばんに押しこみ、素早く降りていった。

今回は、ひとことだけ、片方のおばあさんが本を読みながら、

「ぶわうっ」

と、うめき声のようなものを発していた。

一月某日　雨

近所の公園を散歩。

昨年末に池の水さらいをしたため、底の泥がむきだしになっている。

むきだしになった泥に、雨がしめやかに降ってしみこんでゆく。

この数十年の間に池に住みついたけれど、今回、水さらいをして駆逐された、何千匹ものブルーギル・草魚・青魚・ブラックバス・カミツキガメなどの、冥福を祈る。

それから、また三つ子のおばあさんに会えるように、とも（あれからしょっちゅう電車に乗りにいって、おばあさんたちを待っているのに、以来一回も会っていないので）。

メタルスライム型。

二月某日　雨のち晴

奈良に行く。

「鹿寄せ」というものがあると聞き、見に行く。

春日大社の横にある「飛火野（とびひの）」という野原で、「鹿寄せ」はおこなわれる。

まず、お兄さんがホルンを取りだす。するとおもむろにベートーベンの交響曲「田園」の一節を吹く。すると、春日大社の森の奥から、鹿がわき出るように走ってくるのである。

最初は大きな鹿、そして次には子鹿が、列をなして陸続と走り出てくる。

なぜ「田園」？

そして、なぜホルン？

鹿らは、ホルンのお兄さんがばらまいたどんぐりをむさぼり食い、その後すみやかに去っていった。

なんとなく、打ちのめされる。

二月某日　晴

大群の鹿に打ちのめされた心をなぐさめようと、昨日の飛火野の一角にある「鹿苑（ろくえん）」に行ってみる。

鹿苑は、獰猛な雄鹿や、妊娠している雌鹿を保護するための施設である。

そこで学んだこと。

奈良の鹿はすべて野生（奈良市が飼っているのではない）。

奈良の鹿の死因の第一位は、轢き逃げ。

ますます打ちのめされ、その夜は猿沢の池の近くの飲み屋で痛飲。

「鹿、お好きですか」

と、飲み屋の店主に聞くと、店主はしばらく考えてから、

「鹿せんべいって、すごくまずいんですわ。だから私は一生鹿にだけはなり

たくないですな」

とのこと。

質問と答えとが、微妙にかみあっていない。

奈良には一生かなわない、という心もちのまま、痛飲。

二月某日　大雪

家にいて、降ってくる雪を眺めている。

途中で少し小やみになったので、出ていって雪だるまを十体つくる。

とてもとても小さな雪だるま（てのひらに載るくらい）である。

玄関の横に並べる。

また降ってきたので家に入り、景色を眺める。

夜中、並べておいた雪だるまを見にいったら、その後降った雪にすべて埋まっていた。

掘りだしたけれど、積もった雪よりもほんの少しだけ密度の高い雪のかたまりが、七つ、みつかっただけだった。

二月某日　晴

吉祥寺の町に出てみる。

町なかで見つけたさまざまな雪だるまは、以下のとおり。

ふなっしー型（彩色あり）

くまモン型（彩色あり）

トトロ型

巨大な人型

メタルスライム型

ふつうの雪だるま型の雪だるまは、ほとんどない。いつの間に、雪だるま作りは、このように高度に進歩したのだろうと、途方にくれる。と共に、昨日雪に埋もれたうちの雪だるまのことが、たいそう不憫に思い出される。

小さなおじさんみたいな何か。

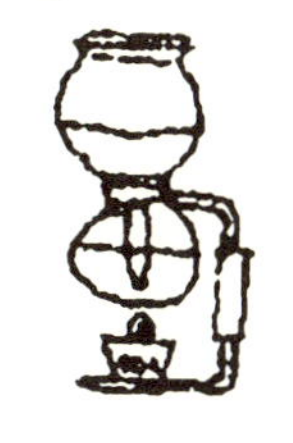

三月某日　晴

五人で、お酒を飲みに行く。
瓶ビールを三本頼む。
お店の女の人がお盆にのせて持ってきて、各人のコップについでくれる。
けれど、わたしにだけはついでくれない。
仕方ないので、自分でこぽこぽつぐ。少しだけ遅れて、乾杯に参加。

三月某日　曇

打ち合わせで喫茶店に行く。
コップの水が空になったので、お店の人がつぎにきてくれる。

打ち合わせ相手の編集者のコップにはたっぷりとついだけれど、わたしの空のコップにはついでくれない。

しかたなく、ほとんどなくなっている紅茶をずずっとすする。

三月某日　雨

十人ほどでお酒を飲みに行く。

またお店の人がわたしにだけお酒をついでくれない。

連れたちも、空いたお猪口につぎたしてくれない（それぞれ同士ではつぎたしあっているのに）。

この二週間ほど、そういえば外に出て、液体をついでもらう場面になると、必ずどの時もついでもらえずに終わっていたことを、あらためて思い出す。

その旨、皆に報告すると、どの人も首をかしげたり笑ったりしていたけれど、一人だけが確信に満ちて、

「あのね、今月のあなたからは、『わたしにつがないでオーラ』が出てるのよ。もしついでほしかったら、オーラを消すことね」

と断言する。

どうやって消したらいいんでしょう、自分でも出ていることを知らなかった、そんなオーラを。

三月某日　晴

また喫茶店で打ち合わせ。

空のわたしのコップに、無事お店の人が水をついでくれる。

ようやく消せたのだ、「わたしにつがないでオーラ」。

けれど、いったいどうやって消し去ったのかは、不明。

三月某日　晴

また五人で飲み会。

ふたたび「わたしにつがないでオーラ」が出はじめたらしく、お店の人はわたしを避けて他の人ばかりにビールをつぐ。乾杯に間に合うよう、またいそいで一人でこぽこぽ。

もうオーラについては気にしないことにして、手酌でぐいぐいやる。

「あの」

ずいぶん席が進んだところで、中の一人がわたしに耳うち。

「わたし、ちょっと霊感があるんですが、背後に小さな何かがいますよ」

驚いて振り返るも、「小さな何か」など見えない。

「何もいませんよ」

「いえ、何かをこう、押し戻そうとしている、うっとうしいおじさんみたいな顔の、小さな何かが」

怖いので、もう振り向かず、蒼惶とビールをすする。

その夜は、帰ってから突然家計簿をつける。この一年ほど、ずっと家計簿をつけるのをさぼっていたのである。背後の、小さなうっとうしいおじさんみたいな顔の何か、どうかこれで許して下さいと心の中で唱えながら、
ほうれんそう　１９８円
アロエヨーグルト二個　２４０円
マカロニサラダ　２０７円

ノザキのコンビーフ　２４５円
飲み会　５６００円
などの細目を、家計簿にていねいに書きつける。

今月は、マカロニサラダ（マルナカ特製）を五回も買っていたこと、乾電池は量販店で買うべきだったのに面倒くさがってコンビニで高いのを買っていたこと、ふなっしーグッズを五千円ぶんも買っていたことを発見する。さらに深く反省しつつ、おじさんみたいな顔の何か、どうかこれで許して下さいと、心の中で唱え続ける。

日本のいちばん左側。

四月某日　晴

日本のいちばん左側にあるデパートは、どこ？　十秒以内に答えないと、呪われます。

と、夢の中で言われている。

答えられず、あせる。

四月某日　晴

日本のいちばん左側にあるデパートについて、友だちに電話して聞いてみる。

「知らない。どっちでもいいし」

という、そっけない返事である。

「それより、呪いといえばさ、ずっとあたしの中の懸案事項になってることがあって」

友だちいわく、

——人を憎むより憎まれる方がいい、という言葉があるけれど、それなら、人を呪うより呪われる方がいい、という言葉は、妥当か否か——

「ねえ、どう思う？　あたしは個人的には、人に呪われるより、人を呪う方が、ずっと好きなんだけどさ」

はあ、としか答えられないでいると、友だちはどんどん続ける。

「それにさ、人を呪うのって、人を憎むのより、ずっとすがすがしくない？」

「呪う、っていう字も、可愛いよね」

「れいの、阪神タイガースのカーネルサンダースの呪いは、三年後に解けるっていう噂、知ってる？」

「あたしこないだ、近所の猫を呪ったら、その猫の縞の色が次の週にはすっかり褪せてて、やっぱり自分には呪いの才能があるって思ったんだ」

「こないだネットで検索したら、『仕事運をあげる呪い』っていうのが載ってたんだけど、それって呪いなの？」

果てしなくつづく友だちの「呪いばなし」を聞きながら、

（これこそが、日本のいちばん左側のデパートを答えられなかった呪いなんだろうな）

と、心の中で納得する。

四月某日　晴

三軒茶屋に行き、お芝居をみる。

終わってから、一緒に行った人たちと、そのあたりを散歩。

銭湯の煙突があるので、入り口を探すも、見つからず。

煙突のある一角を、ぐるりと三百六十度、さまざまな方向からみんなで何回も歩きまわってみたのだけれ

ど、どうしても発見できない。

そのあと、居酒屋に入って、飲み。

夜がふけてきたころ、一人が突然、

「実はあの銭湯、夜中の二時すぎに行くと、ちゃんと入り口が見つかるんですよ」

と言いだす。

冗談だろうと思って、ほかの人たちの顔をみまわすと、どの人も、しごく当然という表情で、うんうん頷いている。

（あっ、きっとこれも、呪いだ）と思いながら、無言で日本酒のぬる燗をすする。

四月某日　雨
突然の豪雨。
ワンメーターで申し訳なかったけれど、タクシーに乗る。

用事をすませ、まだ雨が降っているので、次の目的地まで、またタクシーに乗る。

そこで用事をすませ、しかし雨は降りつづいていたので、家までの帰り道タクシーに乗る。

驚いたことに、そのタクシーが、すべて同一のタクシーだったのである。

運転手のおじさんは、二回めにわたしが乗った時には、

「やあ、ものすごく偶然ですね」

と喜んだのだけれど、次にまた乗った時には、

「あっ」

と息をのんで、料金を告げるまではひとことも喋らなかった。

これもやはり、呪いの一種か!?

明滅するネオンサイン。

五月某日　晴

ちょっと用件があり、平凡社の担当のひとに電話をかける。

「今日は、メーデーの行進に出かけておりますので、不在です」

とのこと。

そういえば、三年前に行ったニューヨークで、メーデーの行進を見たのだった。

行進はとてもばらばらで、てんでにハンバーガーを食べたりコーラを飲んだり、音楽をかけて踊りながら歩いたり、まだそんなに暑くないのに水着のようなものを着て浮かれたりと、しごく自由自在だったのだけれど、最後尾に数名の「お掃除屋さん」がつき従っていて、散らかしたハンバーガーの包み紙やペットボトルや紙屑などを、すべてきれいに掃き清めながら一緒に歩いていたことを、突然思い出す。

五月某日　晴

メーデーの翌日。

平凡社の担当のひとに電話をかけて、用件を相談。

「で、メーデーは、いかがでしたか」

と聞くと、担当の人、ものすごく嬉しそうに、

「楽しかったです！」

けれど、お掃除屋さんはいなかったとのこと。おまけに、水着のひとも踊っているひとも、いないとのこと。

メーデーというものに参加したことがないので、嬉しそうな担当のひとの様子が、ねたましい。ので、腹いせに、

「ニューヨークに負けてるではありませんか」

と当たり散らしたけれど、担当のひと、すずしい声で、

「そうですねえ、では来年はもっとがんばりますね」

と、落ち着きはらった様子。

参加してがんばることができない自分のことを思い知らされるようで、ますます、ねたましい。

五月某日　晴

ひとさまを謂れなくねたんでしまったことを、いちにち反省。

夕飯にと、小松菜をゆで、魚を焼く。そらまめも、ゆでる。

銘銘皿にわけて食べはじめるうちに、家人のそらまめの方が、おいしそうにみえはじめる。焼かれた魚の具合も、わたしのものよりずっとつやつやしているように感じられる。

しばらく我慢していたけれど、ついに耐えきれず、

「そ、そっちの方が、お、おいしそう」

と、つぶやく。

「じゃ、交換する?」

と言われ、交換するが、元々わたしのものだった向こうのお皿のおかずの方が、やはりおいしくみえてしまう。

「やっぱり、そ、そっちの方が、お、おいしそう」

ふたたび、訴える。

不興をかって、食事のあいだ、ずっと黙りがちに。

五月某日　晴

「この前の食事の時は、いたたまれなかったので、これからは自分で好きな方を選び取るように」

と、家人に言われる。

が、そもそも料理をするのはわたしであり、お皿に取り分けるのもわたしであり、そのお皿を誰に配膳するのかを決めるのも、わたしなのだ。

それなのに、自分のものでないものの方がやたらにおいしそうにみえる、これはもしかして何らかの内なる悩みの表出ではないのか!?

内なる悩み、という名前がついたので、ちょっといい気分に。

夕方、また小松菜をゆでる。いい気分のまま、鼻唄をうたいながら夕飯。

怪しまれるが、かまわず機嫌よく食事。

五月某日　晴

内なる悩みについて、いろいろ考える。

二時間ほど考えるが、自分の内なる悩みについて、思い当たることが一つもない。

それと別に、

(年とってひがみっぽくなった)

という言葉が、遠くのビルで明滅するネオンのように、ぽっかりと心の中に浮かびあがってくる。

ちがうちがう、内なる悩み内なる悩み、と、ネオンの文字を打ち消すが、どうやっても明滅は消えない。

夕方、またまた小松菜(三日続けて)をゆでる。

一人でひっそり食べていると、さらに

（年とって同じことばかり繰り返す）
という言葉が、
（年とってひがみっぽくなった）
の文字に並んで、明滅しはじめる。
あわてて小松菜をほおばり、文字を
打ち消そうとするも、しぶとく消えず。
もうこれ以上明滅が増えないよう祈りなが
ら、粛々と小松菜を嚙む。

カモシカに衝突。

六月某日　晴

平凡社から、封筒がくる。読者の方からのお葉書の転送である。

いつか募集した、「遠くからリモコンの遠隔操作でパソコンの首を振らせることの必然性」（『東京日記4 不良になりました。』四十三ページ参照）の答えを考えて下さったとのこと。

「家人が怪しいサイトなどを見ているとおぼしき時に、突然首を振らせて動揺させる、というのはどうでしょう」とある。

実際の場面を想像してみる。

わたしは隣の部屋にいて気配を消している。

いよいよサイトに接続されたもよう。家人、熱心に見入る。

リモコンで、ほんの数センチだけ、首を振らせてみる。

家人、一瞬ぴくりとするが、まさかリモコン操作されているとは思わず、すぐにまた画面に向き直り、見入る。

さらに数センチ、首を振らせてみる。

家人、あたりをきょろきょろ見回すが、気のせいだと決めて、また画面に。

今度は、突然一回転させてみる。

家人、驚きのあまりひっくりかえる。意味わからん、という顔で呆然。五分ほど静観したのち、ふたたびそろそろと画面に戻る。

大きく息をすったあと、おもむろにパソコンを連続無限回転モードに設定。

……家人、気絶。


メーカーには、ぜひ無限回転モードのあるリモコンつきパソコンを製造してくれるよう、これからも毎日オーラを送り続けようと、強く決意。お葉書、ほんとうにありがとうございました。

六月某日　雨

雨が降っているので、いつもは歩くところを、シティバスに乗る。

シティバスというものは、おおむね普通の路線バスよりもゆっくり静かに運行されることが多いような気がするのだけれど、珍しくスピードを出す運転手である。

乗客は、わたしとあと一人。

しばらくすると、あと一人の乗客であるおじいさんが、つと立ち上がり、運転手の真横までゆく。そして、ものすごく嬉しそうに、

「君の運転、いいねえ。いいよ。とてもいい。バスはこういうふうに猛スピードで走らなきゃ。せっかくのバスなんだからさ」

と、褒める。

運転手、無言で運転を続行。スピードはさらにあがってゆく。おじいさんは楽しげに手をたたき、足を踏みならし、傘で拍子をとる。

「いいねえ、ほんとにいいよ。ああこれがバスってもんだよ」

猛スピードで過ぎてゆく車窓を、雨粒がななめに流れてゆく。おじいさん

は、歓喜の雄叫びをあげつづけている。

六月某日　雨

電車に乗る。

ダイヤが乱れている。

「カモシカの衝突によるダイヤの乱れでご迷惑をおかけしております」

との車内放送がかかる。

六月某日　雨

手帳に、

「救心を飲んだおかげで、犯罪者になることをまぬがれました」

「真珠、ジャコウ」

と、書いてある。

昨夜、編集者と打ち合わせをして、お酒を飲んだ時にそのことを聞いて手帳に書いたことは覚えているのだけれど、なぜその編集者が犯罪者になるところだったのか、そしてなぜ救心がそこに関係しているのかが、さっぱり思い出せない。

電話して聞いてみようかとも思うけれど、なんとなく怖くて、聞けない。

ちなみに、「真珠、ジャコウ」は、八つある救心の漢方成分のうちの、二つでした（救心ホームページを熟読して解明）。

後記

なお、この日記を書いた二年後の二〇一五年、「ジャコウ」は入手困難となったため、「鹿茸（ロクジョウ）」と「沈香（ジンコウ）」に成分が変更されたそうです。日々是無常なり……。

パンツの定位置。

七月某日　晴

街に出て、おそばを食べる。

店を出てから、しばらく散歩。

「アミノ酸会館」というビルを見つける。

アミノ酸会館ビル。いったいどのようなことが、このビルの中でおこなわれているのだろう。

アミノ酸の製作。

アミノ酸の有効活用についての会議。

世代別アミノ酸摂取傾向の調査。

アミノ酸と日本人についての研究。

日本アミノ酸教団の秘儀。

いろいろ想像しながら家路をたどり、帰ってからパソコンで検索すると、ビルは約五十年前に建ったもよう。五十年も前から、アミノ酸活動はおこなわれているのであった。

七月某日　晴

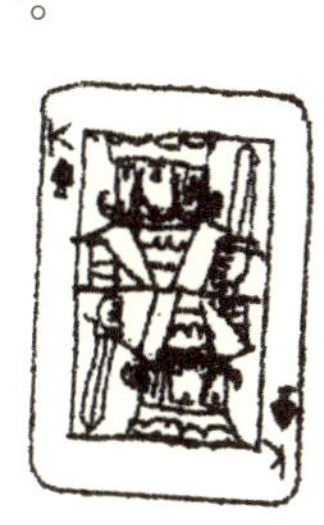

仕事で何人かの人に会う。

中の二人（五十代と六十代の、それぞれ男性と女性）が、近年タップダンスをはじめたとのこと。

「タップダンスのこつは、何ですか」

と聞くと、五十代の男性の方が、

「足首から先に力を入れないようにして、自然にしていることです」

と、教えてくれる。

さらに、六十代の女性の方が、眼を輝かせながら、

「そのとおり。足首から先には、死んだ魚をぶら下げているような気持ちで

いることが大事なの」
と。
タップダンスを踊っている人たちの足先は、みんな死んだ魚だったのか!?
びっくりして、しばらく放心。その後仕事の話が始まってからも、
(死んだ魚)
(死んだ魚)
と、タップの二人をちらちら見ながら、心の中で繰り返す。

七月某日　晴

ためしに、自分の足先が死んだ魚になったと想像してみる。
しばらく想像してから、そっと足先をさわってみる。
こころなしか、ちょっとぬるぬるしていて、ひやっこい。
うろこっぽいでこぼこも、感じられる。
(死んだ魚)
もう一度心の中でつぶやき、うっとりとする。

七月某日　雨

取材を受ける。

のっけから、

「カワカミさんは、セックスの時に脱いだパンツの定位置が、枕の下なんですか」

と、真面目にきかれる。

以前書いた長篇『これでよろしくて?』の主人公が、そのような性癖をもっているから、作者もそうであるかもしれないと推測しての質問らしい。

全世界のみなさん。小説の主人公の人生が、作者の人生と重なっているという確率は、ごくごく低いです。でないと、わたしは、蛇女と暮らしたことがあって、河童の世界にも行ったことがあり、死んだ叔父さんとはしょっちゅう会っているし、ほろびかけた世界(東京タワーはすでに壊れている)で一人暮らししていて、かつ57回くらい失恋をしたことがあって、Z会の添削をおこなってもおり、そのうえ人材派遣会社を経営していることになります。

取材後、仕事の打ち上げへ。
たくさん飲んで酔っ払い、みんなのパンツの定位置をききだす。

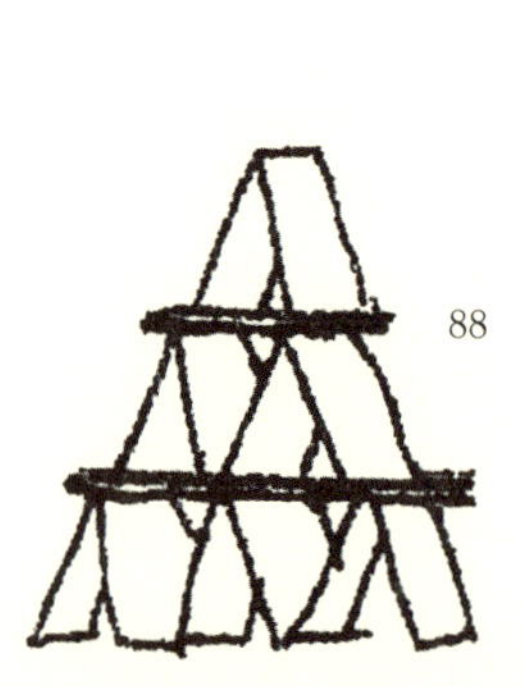

ザリガニカレー。

八月某日　晴

近所の子どもと話をする。

「幼稚園、何組なの？」

「ぶたぐみ」

「えっ」

「その前は、ねこぐみ」

子どものつくりばなしではないかと、一緒にいるお母さんに、こっそり目でたずねる。

（ほんとうです、今年は豚組、去年は猫組です）

と、お母さん、目ではっきりと肯定。

八月某日　曇

ワープロが壊れる。

わたしは、パソコンではなく、昔ながらのワードプロセッサー機で文章を書いているのだ。

もう製造されていないので、壊れるとものすごく困るなあ、でもきっと壊れないに違いない、と、根拠のない希望をもって生きていたのが、突然裏切られたのである。

困り果て、逃避のため外出。近所の公園の池のまわりを三周してから、帰る。

おそるおそる部屋に戻り、ワープロをさわってみる。

（もしかすると、自然になおっているかも）

と、ひそかに期待していたのだけれど、もちろんワープロは壊れたまま。

がっくりきて、一時間ほどうつぶせに寝そべって嘆き悲しむ。

八月某日　晴

逃避のため、渋谷に行く。

「ザリガニカフェ」というお店があったので、入ってみる。

メニューにあった「ザリガニカレー」を頼むも、ザリガニ入りではなく、普通のカレー。

友人にザリガニマニアのひとがいるので、「ザリガニカフェ」に居る旨、メールする。

すぐに返事がくる。

「そのカフェは名前こそザリガニですが、ほんもののザリガニとは何ら関係がありません。注意するように」

とのこと。
マ、マニアのひとは、き、きびしいなあ、と、どきどきしながらザリガニカフェをみまわす。客入りは上々、多くのひとがザリガニカレー（ザリガニぬき）を食べながら、和気藹々と過ごしている。突然、ワープロが壊れてしまって原稿が書けないので逃避してふらふらとザリガニカフェに入っているのだという、自分の現実に引き戻される。
ひがんだ気持ちになり、(ほんもののザリガニとは、何ら、関係なしっ)
と、心の中で当たり散らす。

八月某日　晴

ついに自然治癒をあきらめ、ワープロを修理に出す。

運送会社のお兄さんの手によって運び去られたワープロを見送ったのち、二時間ほどうつぶせに寝そべって嘆き悲しむ。

その後、締め切りのせまっている原稿の担当者各位へ、ワープロが壊れた旨を報告するも、ほとんど同情を得られず。

「ほーそうですか」

「でもパソコンはあるのでしょう」

「そもそもワープロ打ちの原稿を刷りだしたものをファックスで送ってもらうよりも、パソコンの原稿をメールしてもらった方が、印刷へまわす時にずっと簡単で、おまけに正確を期せますし」

「えっ、まだワープロだったんですか」

「ワープロって何ですか」

などなどの反応に、すっかりひがんだ気持ちに。

夕飯を作る気力を失い、枝豆を二袋ゆで、それをもって夕飯とする。

ヨウジウオと蓄音機。

九月某日　晴

最近、ますます記憶力がにぶっている。

たぶん、わたしの記憶容量がいっぱいいっぱいになっていて、これ以上何かを脳みそに定着させようとしても、はじき出されてしまうのだと思う。

それならば、いらない昔の記憶を消去すればいいんじゃないかと思いつき、「いらない記憶」について、いろいろ思いめぐらせてみる。

五分ほど試しているうちに、ものすごく暗い気持ちになって、はんぶん気を失いそうになる。

九月某日　晴

吹き出した「過去の記憶」のせいで、一晩中悪夢にうなされる。

とても小さくてかゆそうなものや、とても大きくて黒々したものや、とても四角くてピカピカ光っているものや、とても柔らかくてくさいものなどが、入れ替わり立ち替わり、あらわれる。

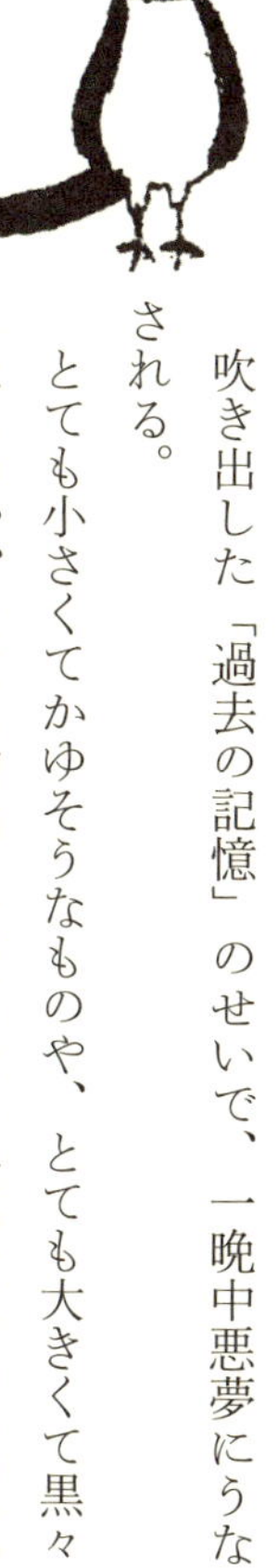

寝不足で、ぼんやり。かかってきた電話に、「はい、ヤマダです」と答えてしまう。

ヤマダは、旧姓。ものすごく久しぶりに「ヤマダ」という名前を発音したので、ちょっとなつかしくて、「はい、ヤマダです」と、電話を切ってからも、何回か、こっそり言ってみる。ヤマダとして生きていた28年間の過去が、ふたたびゆらゆらとたちのぼってくる。

あう、と言って、あわてて仕事に戻る。

九月某日　晴

ようやく「過去の記憶」の噴出が止まる。

けれど、時おり、何の脈絡もなく、

「あたりきしゃりき車ひきブリキにたぬきに蓄音機」

とか、

「おそれ入谷の鬼子母神、そうは有馬の水天宮、その手は桑名の焼き蛤」

とかいう妙に古くさい決まり文句が、口をついて出る。

こういう何の役にもたたない記憶が、わたしの脳みその中にはぎっしり詰まっているので、新しい記憶がもう入りこむ余地がないのだなあと、うらがなしい心もちに。

でもまあ、とても小さくてかゆそうな記憶やら、とても四角くてピカピカ光っている記憶がよみがえってくるよりはマシなので、よしとする。

九月某日　曇

友だちとお酒を飲む。

大きな身振りで、友だちに何かのことを説明していると、隣に座っているおじさんの肩に、腕がふれてしまう。

「お願いですから、さわらないで下さい」

と、おじさんに言われる。

とても、礼儀正しい口調で、言われる。

ショック。

九月某日　曇

今月の、あれこれのショックやら噴出やらを祓う意味で、大掃除。

ベッドの下から、ヨウジウオ（タツノオトシゴの仲間で、とても細長くて口がとがっていて黄色い）の標本写真が出てくる。

どこで手に入れたかは、もう覚えていない。けれど、数ヶ月前にこの写真を手に入れてとても喜んでいる自分の映像が、脳みその中に一瞬の間ぶんだけ保存されていることを、感じる。

写真のほこりを払い、ヨウジウオをしばらくじっと眺め、けれどもう喜びはわいてこないことを確かめ、そっとゴミ箱に捨てる。

心的負担。

十月某日　晴

レンタル山羊について。
庭の雑草を食べてもらうために借りる。
永久に飼うのではないので、心的負担が少ない。
子供の情操教育にもよい。
レンタル期間は、一日から半年。
という内容のことを、知人が教えてくれる。
知人は、夏場の雑草の繁茂が激しい時期にレンタルして、とても重宝したそうだ。
（心的負担）

話を聞きながら、心の中で繰り返してみる。

十月某日　晴

昨日聞いたレンタル山羊のことは、もしかすると夢だったのかもしれないと疑い、ネットを検索してみる。

あった。

心的負担が少ない、という言葉も、明記してある。

レンタル料金は、個人は3000円、法人は10000円。

申し込み多数のため、今年はすでに貸し出しを終えているとのこと。

「ヤギは生き物ですので、一日一回は必ず山羊の様子を見てください」

と、注意書きがある。

ヤギが生き物ではなく、レンタル物品だと勘違いする借り主が、過去にいたのだろうか。いろいろどきどきしすぎて、夜の寝つき、悪し。

十月某日　雨

中央線に乗る。
駅中の蕎麦屋に、バイト募集の紙が貼ってある。
「主婦（夫）募集」とある。
その正しさに、感じ入る。

十月某日　曇

歩いていると、小さな居酒屋があり、黒板に今日のおすすめが書かれている。
「かきのたね　１００円
ピクルス　１００円
しょうゆトースト　３００円」
しょうゆトースト、のところには、（いそべ焼のような和風トースト）との説明も。
開店は夜十時。目の前にあるにはあるのだが、はたしてこの店は実在のものなのだろうか。

十月某日　曇

近所に住んでいる、三人のこどもを育てている女の人から聞いた話。

こどもを連れて歩いていたら、見知らぬおじさんが寄ってきて、千円札を一枚、さしだした。

怖いので、逃げようとすると、

「怪しい者ではありません。がんばってもらいたいので」

と、千円札を彼女におしつけ、駆け去った。

少子化を憂えるおじさんか、あるいは、ランダムに千円札をばらまくのが趣味のおじさんなのか、あるいは、ただの酔っ払いか。

「千円札、どうしました」

と聞くと、

「交番に届けようかとも考えたんですが、あらましを説明するのが面倒なので、額に入れて家族写真と一緒に飾ってあります」

とのこと。

鴨の天下。

十一月某日　晴

友人たちとの会食のために、久しぶりに胸元のあいたセーターを着る。

せっかくあいているので、こちらもめったにつけないタイプの、胸が寄せられてあがるブラジャーをつけてみる。

胸の谷間が、できる。

ほくほくして、会食のお店へ。

和食である。いつものような町の居酒屋ではなく、つきだし、お椀、などというものの出てくる、正式っぽい和食屋である。

胸の谷間の存在と共に、すっかり大人の気持ちになって、きどって箸などを使う。

家に帰り、着替えをすると、寄せられた胸元の谷間から、白いものがぽろりと落ちる。

焼き魚の大きなかけらであった。

歯に青海苔がつくように、髪に落ちてきた鳥のふんがつくように、胸の谷間にずっと焼き魚の大きなかけらがくっついていたことを、どうして同席の人たちは誰も指摘してくれなかったのか⁉

うらみます。

十一月某日　曇

散歩に行く。

公園で、赤ちゃんを乗せたベビーカーと、何台もすれちがう。

一人用のベビーカーだけでなく、ふたご用の横並びベビーカーともすれちがったし、ふたご用縦並びタイプともすれちがう。

赤ちゃんはかわいいなあと、平和な気分で歩きつづけていると、また正面からベビーカーが。

こんどはどんな赤ちゃんが乗っているのかな、男の子かな女の子かなと、のぞきこむ。

うさぎだった。

巨大な、白地に黒のぽつぽつのとんだ、凶悪な顔つきのうさぎが、ベビーカーのまんなかに、堂々と座っているのだった。

十一月某日　雨

また散歩に行く。

雨ふりのせいか、公園には人影がない。

池の鴨が、いつもより活発。

ぎゃあ、と鳴いてつっつきあったり、突然水面から離陸して低空を飛びまわったり、群れになってぐんぐん一方向に泳ぎまわったり。

人類はほろび、鴨の天下になって彼らが勝ち誇っているのだと想像しながら、はしゃぎまわる鴨らに眺めいる。

十一月某日　晴

誰も乗っていないバスが、道を走っている。

行き先表示のところに、「教習車」とある。

バス教習の、路上課程なのだろう。

バス教習にも、クランクや縦列駐車や坂道発進の練習があるのかなあ、あるんだろうなあ、さぞ難しいだろうなあ、バス講習では骨折の応急処置なども習うんですよ、と、いつか知人が教えてくれたなあ、などと、とりとめもなく思う。

そういえば、ずいぶん昔に、終バスで乗客が自分一人になった時に、運転手さんが、

「次は○○、終点です。遅くまでおつかれさまでした。お気をつけて」

と放送してくれたっけ。

「次は○○、終点です」までは、いわゆる「運転手さん的抑揚」だったけれど、「お気をつけて」のところは、地声だった。

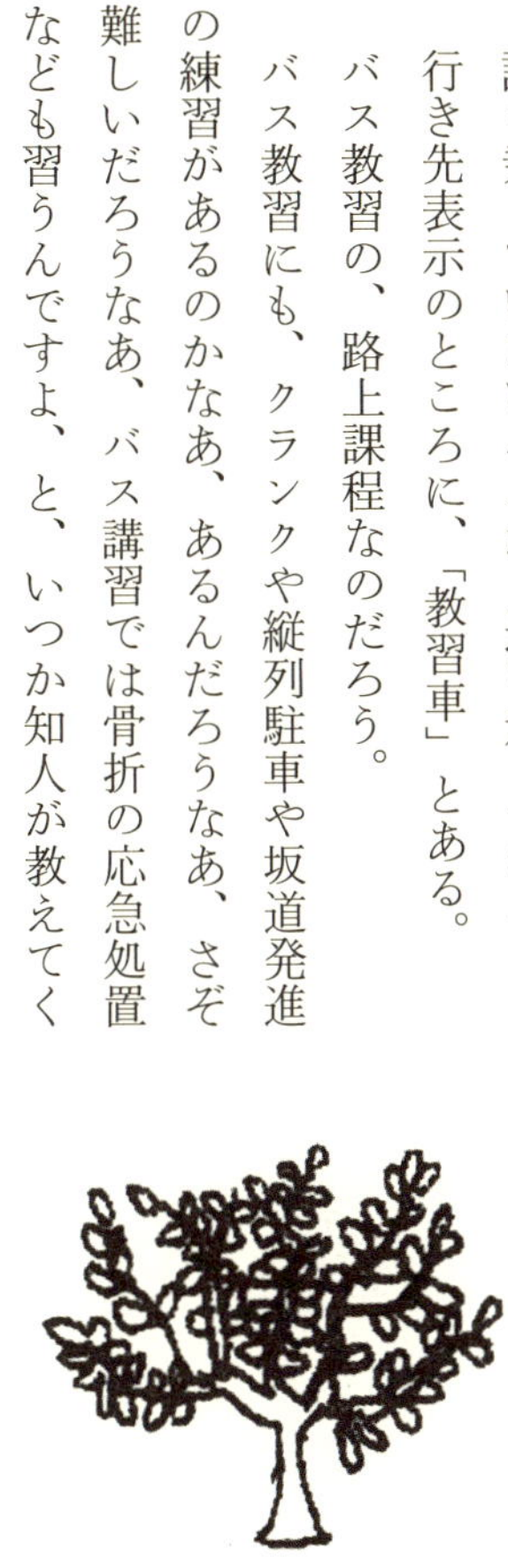

全国のバスの運転手さん、ダイヤとか混雑とかいろいろ大変でしょうが、
どうぞがんばって、体を大事にしてくださいね。

悪い軍手。

十二月某日　晴

喫茶店で打ち合わせ。

すぐ隣のテーブルに、「オレンジフラッペフロート」を粛々と食べているスーツの美青年二人が座っている。

見回すと、二つおいて向こうのテーブルのおじさん二人も、「オレンジフラッペフロート」を前に、静かに語りあっている。

そして、入り口すぐのテーブルでも、大学生くらいの男の子二人が、「オレンジフラッペフロート」をすすりつつ、ぺちゃくちゃとおしゃべりを。

打ち合わせによく使う、コーヒーのおいしい喫茶店である。今までに、「オレンジフラッペフロート」を食べている人を見たことは、一度もない。

「オレンジフラッペフロート」を格別に注文したくなるような気候でもない。もしかして、何らかの諜報活動がひそかに展開されているのか。あるいは、「オレンジフラッペフロート」は、ゲイの人たちの出会いの暗号なのか。

打ち合わせはすっかり上の空で、耳はダンボに。

ちなみに、隣のテーブルの美青年たちの話題は、「鳥の卵を食う巨大なイギリスのトカゲ」と「バス釣り」でした。

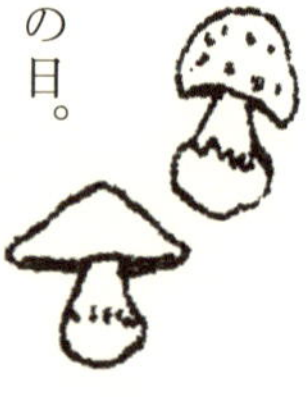

十二月某日　曇

病院で、半年に一回定期的に受けているMRI検査の日。

注意書き「このような人はMRIを受けられません」に、項目が増えている。

以前は、入れ墨、アイシャドー、ヒートテックの下着、だけだったのが、

ニコチンパッチ

かつら

金糸の衣装

磁気式入れ歯
の、四項目が加えられている。
この半年に、このようなものを身につけた人々が来て検査を受け、何事かが出来(しゅったい)したのだろうか。と想像しつつ、注意書きをていねいに繰り返し読む。

十二月某日　小雨

今月は、病院月。今日は、人間ドック。

ここでも、おととし受けた時から、いくつかのマイナーチェンジが。

まず、血液検査用の採血の看護師の女の人たちが、饒舌になっている。左隣で採血されている男の人は、

「こちら、筋肉質でいらっしゃるのね」

と褒められているし、右隣の女の人は、

「まあぁ、よく出るいい血管」

と褒められている（わたしは何も言われず）。

また、バリウムを飲んでの胃のレントゲンでは、はじめて聞く表現、

「はいおしり上げて。尺取り虫のようにね」

に驚く。

そのほかでは、終わったあとにお弁当を食べる場所が、ひろびろと開けた窓際から、部屋の奥（椅子が高い回転式スツールで、居心地が悪い）に移動。そして、それまであった庶民的な色柄のパーティションが、高級感をかもしだす大理石的なものに変わり、それまでかかっていなかった「アート」っぽい絵が壁のそちこちに。

いつも最後に診察をしてくれていた、「日本人間ドック健診協会会長」という賞状を飾った部屋にいる老先生も、いなくなっている。

もしかすると、病院が代替わりして、セレブ志向の息子が跡を継いだのだろうか。

来年以降の継続診療について、迷いが生じる。でも、「尺取り虫のようにね」の表現だけは、魅力的。一人、セレブ化に反抗するレントゲン技師なのか?!

十二月某日　晴

キンカチョウを飼い始めた友だちに会う。

キンカチョウは、薬をスポイトで飲ませると、たいへんに、いやがる。そして、薬を飲ませた飼い主を恨むようになるので、投薬の時には、必ず軍手をする。

薬をやり終わったら、すぐに軍手を脱ぎ、

「こいつめ、こいつめ、悪い軍手め、うちの可愛いキンカチョウちゃんを苦しめて」

と、軍手を叱る。

すると、キンカチョウは、飼い主ではなく、軍手が薬を飲ませたと認識し、軍手を恨むようになる。

飼い主のことは、恨まない。

ということを、教えてくれる。

カメムシの人生。

一月某日　晴

夢を見る。

頭だけしかない人が、地面に立っている（頭だけなので、実際には地面にじかに頭が置いてあるようにみえる）。

「どうやって歩くんですか」

と聞くと、

「歩かん。用があったら、呼びつける」

と、いばられる。

一月某日　曇

また夢を見る。

石垣島に、二十四人家族が住める別荘をさがしに行かなければならない。

二十四人家族のうちわけは、夫婦とその子供二人、そしてあとは、全員おじいさんとおばあさんである。

たくさんのおじいさんとおばあさんは、夫婦の、それぞれの、血のつながった父母である。

多性生殖の一家らしい。

夫婦の、夫の方は、五人のおじいさんと十人のおばあさんが交尾した結果の一人息子、妻の方は、三人のおじいさんと二人のおばあさんが交尾してできた一人娘であるという。

石垣島を選んだのは、夫がたのおじいさん五人衆で、理由は、

「なんか、響きのいい名前の島だから」

だそうである。

一月某日　晴

友だちと飲み会。

「無礼が顔に出るタイプだよね？」

と言われる。

たしかにそうなので、何も言い返せない。

一月某日　曇

でも、そんなに無礼が顔に出るタイプだったっけかと、くよくよする。

弟に電話して、

「あたしって、無礼が顔に出る？」

と、聞いてみる。

「うん、すごく」

と、即答される。

むっとしながらも、こちらから聞いたことなので、怒りをあらわさないよう注意しながら、しばらく会話をつづける。

話を切り上げるまぎわ、弟、

「顔だけじゃなく、声にも、すぐに出るよ」
と言い、くすくす笑いながら電話を切る。

一月某日　雨

また夢を見る。
消える魔球を、つぎつぎに打たなければならない。
もし打ちそこねたら、カメムシにされてしまうとのこと。
すぐに打ちそこねて、カメムシにされる。
カメムシの人生は、首がふとくてうしろを向けないのが、苦しかったです。

リビドーとアニマ。

二月某日　晴

先月に引き続き、まだたくさん夢を見ている。

今日は、生まれて初めて飛ぶ夢を見た。

上空百メートルほどのところを、正座してふわふわ飛んでいる。

風が強いので、しょっちゅう正座が崩れそうになる。

けれど、正座していないと飛べない（と、夢の中では決まっている）ので、必死にこらえる。

飛ぶ夢はリビドーのあらわれ、という説を昔聞いたことがあったのだけれど、今ごろ生まれて初めてのリビドーの発動が？

いそいでネットで、「飛ぶ夢」を検索。

けれど、その意味するところが、リビドーのあらわれである、という記事は、ほとんど見当たらず。かわりに、

「ふわふわ飛ぶ夢は、現実逃避したい時に見る」

という記述を発見。

リビドーではなく、現実逃避……。

がっかりである。

二月某日　曇

二年ぶりに、スターバックスに入る。

取材のためである。

というか、時々世に膾炙したこういうお店に入らないと、小説の中で妙な描写をしてしまうおそれがあるからである。

なんとかフラペチーノや、なんとかラテについて、わたしのようにちんぷんかんぷんな年のいった女が主人公ならばいいのだけれど、若い女の子が主人公で、

「あれまあ、ここではカップの種類も選べるんですかい、すごいことですのう」

などというせりふを言わせてしまっては、不自然でいけない。

一人でグラノーラ入りヨーグルトを食べつつ、紅茶（なんとかラテやなんとかフラペチーノを頼む勇気はないので、前の人たちの注文を必死に聞いて、「それらしい注文の仕方」をあやふやに記憶することしかできなかった）を飲んでいると、並んで座っている女の子たちが、お喋りをしているのが聞こえてくる。

「飼いリスってね、冬眠を終えて目覚めると、飼い主のことをきれいさっぱり忘れているんだよ」

一人の方が言うと、もう一人の方は、

「ウチの彼みたい」

と、つぶやく。

おおっ、と内心で思い、ひそかに窺うと、二人ともとっても可愛い女の子たちで、テーブルには「なんとかラテ」「なんとかフラペチーノ」と、二人ぶんのスマホが置かれている。

げ、現代の、ス、スターバックスや！　と、関西弁で思い、心の中のメモ帳にしっかりと書きとめる。

二月某日　雨

タクシーに乗る。

横を走っている車のナンバーを、眺めるともなく眺める。

「つ1」

「ち7」

「い1」

という三台が、つらなって走っている。

何かの暗号なんだろうか。

二月某日　曇

バスに乗る。

乗り物でいつもおこなう数独を取り出し、粛々と解く。

はっと気がつくと、通路をはさんですぐ横の席のおじいさんも、同じように数独を解いている。

こっそりのぞくと、おじいさんの数独の冊子は、わたしのものと同じ会社、同じレベルのものである。

もしかして、このおじいさんはわたしのアニマ?

わくわくどきどきしつつ、引き続き数独を解く。

摂理。

三月某日　晴

夕方、ぼんやりと吉祥寺を歩いていると、見知った人とすれちがう。

小説家のK田M代さんであった。

「こんにちは」

と挨拶しあい、別れる。

しばらく歩くと、突然天からの啓示のように、

（K田さんと道でばったり出会うと、いいことが起こる）

という声が、心の中で鳴り響く。

いそいで、近くのヨドバシカメラに入る。何かに導かれるように、ふらふらと奥の売り場をめざす。すると、目の前に、iPad mini が置いてある。

「特別値引き中　100円」

と、値札にある。

すぐさま、買う。

三月某日　晴

100円のiPad miniの設定をおこなう。

不得意分野なのでおののいていたのだけれど、K田さま（昨日から、すでにわたしの中では神に近い存在になっているので、「さま」づけ）の摂理のおかげか、するするとつつがなく進む。

持っていたプレイステーションが壊れてしまって以来できなくなっていた、ドラクエのアプリを買い求め、数年ぶりにドラクエをおこなう。

（K田さま、ありがとうござえやす）

と、白土三平のマンガに登場する隠れキリシタンの心境で祈りをささげながら、いちにちドラクエにはげむ。

三月某日　晴

引き続き、ドラクエ実施中。
すべての原稿がとどこおっているが、しかたない、K田さまの摂理なのである。

三月某日　晴

いちにち、ドラクエ。

三月某日　晴

いちにち、ドラクエ。

三月某日　晴

いちにち、ドラクエ。

三月某日　晴

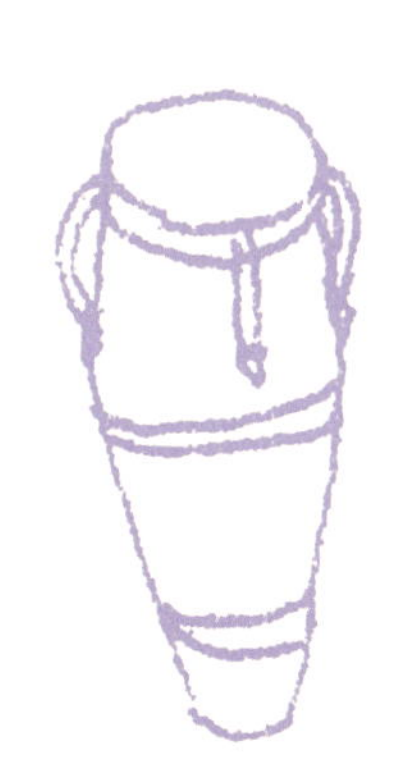

いちにち、ドラクエ。

三月某日　晴

いちにち、ドラクエ。

三月某日　雨

いちにち、ドラクエ。

三月某日　曇

そろそろ「K田さまの摂理」思考を停止しなければと、かすかに思いながら、いちにちドラクエ。

三月某日　雨

ようやくドラクエをやめる。
というか、クリアしたので、やめることができる。

K田さまの摂理によりドラクエにはげんだ日々を静かに振り返る。

作られなかった食事。

なされなかった掃除。

迫り来る締め切りを前にまったく書かれていない原稿。

入られなかった風呂。

いいかげん、K田さんに責任を負ってもらうことをやめにしなさい、という良心の声は無視して、あらためてK田さまに感謝の祈りをささげる。

この堕落した日々は、なんて安らかだったことか……。

ありがとうごぜえやす、ありがとうごぜえやす。

どうかまた一年後くらいに、ばったり道でK田さまにお会いできますように。そして、また堕落の日々がわたくしにお与えくだされますように。父と子と聖霊の御名によりて、アーメン。

遠い街、遠い店。

四月某日　晴

毎年、新年に新しい手帳を買うたびに、
「毎日の献立を、沢村貞子のようにこの手帳に記入するべし」
と、決心する。

例年は、平均して一月十五日くらいまで記録したあたりで、決意はついえる。

第一の原因は、飽きっぽいから。第二は、読み返した時に、「こんなの記録しておきたくない」、というしょぼい献立がほとんどだからである。

けれど、なぜか今年はもう少し長く続いていた。「こんなの記録しておきたくない」、というしょぼい献立なのは変わりないのだけれど、今年からいつも買っている手帳のデザインが変わり、日録の空白部分の幅が狭くなったため、しょぼさがめだたなくなったからである（というか、記入できる字が小さくて老眼で読みとるのが難しいからである）。

それでもやはり、この東京日記を書くために日々の記録を読み返してみると、三月の半ばで献立記録は途絶えている。

ちょうど、大阪に一泊で仕事に行った日からである。

大阪での用件をすませ、難波の居酒屋で飲み、そのあと千日前の小さなバーに行ったことが、手帳の記録からはわかる。

バーでは、二人のきれいな女のひとに出会った。むろん初対面のひとたちである。

「片方のひとは、たぶん三十代なかばくらい。喋っているうちにコスプレ者であることがわかり、コスプレ写真帳を見せてもらう。美しい…。

スタイル抜群…。もう片方のひとは、四十代終わりから五十代はじめ？　シックな服に長いパールのネックレス、ベリーショートの髪にぱっちりとした目、どこの美しい奥様かと思っていたら、腐女子関連話題を大阪弁で優雅に語りつづけるのであった」

といううようなことが、その翌日、翌々日、そのまた翌日、さらに翌日の、献立を書きこむべき五日分のスペースを使って、びっしり書きこんである。あと、その大阪の美しい腐女子たちが薦めてくれた幾多のBL的推薦図書も。

沢村貞子は、腐女子に負けたのであった。時代である。

四月某日　雨

銀座に行く。

人が多くて、こわい。

すぐ目の前にある「肉のハナマサ」にとびこむ。

1キロ袋の青かっぱ漬。

1キロ袋のみじん切り紅生姜。

1キロ袋のスパゲッティーサラダ。

通常のものの十倍ほどあるとおぼしき業務用ジャワカレー（中辛）。

などを、じっと眺める。

銀座の街の雑踏は遠く、店内はしんしんと冷え、人影は少ない。

1キロ袋の蒸しやきそばの、袋の表面をそっとさわってみる。

つめたい。

早くおうちに帰りたい。と、つぶやきながら、銀座の雑踏にふたたび出てゆく勇気をかきあつめるべく、「業務用ロースハム3キロ」のパッケージされている冷えきった袋を、両のてのひらで、さわり続ける。

四月某日　晴

新潟県の港町へ行く。

町内を散歩している途中で、小さな書店を見つける。

都会の書店では、

（自分の単行本を置いてくれているかしらん、もし置いてくれているとした

かしらん）

ら何冊あるかしらん、0冊だったとしても文庫は少しだけ置いてくれているかしらん）

と、心が千々に乱れるのであるが、文房具や日用品なども一緒に売っているこのような書店ならば、まずわたしの本は置いてあるまい。心安らかだ。

と、気軽に踏み入る。

と、ところが、最新刊の『水声』が、あるではないか！

な、なんてマニアな書店なんだ！

と、感動しつつ、『水声』の両隣の本を見ると、左隣は百田尚樹の本、右隣は山崎豊子の本、そしてあとは、ミステリーが五冊に警察小説が七冊に『フランス人は10着しか服を持たない』『人生がときめく片づけの魔法』『金持ち父さん 貧乏父さん』『21世紀の資本』などが。

どう考えても、わたしの本などがいていい場所ではない。びくびくしながら、本屋の店主をうかがい見る。人のよさそうな、おばあさんである。

たぶん、まちがえて入荷してしまったのだ。おばあさん、ごめんなさい。

と、心の中で謝り、いそいで店を飛び出す。

「責任とって下さいな」と、おばあさんが追いかけてきたらどうしようとおののきながら、しばらく走る。

汗びっしょりで振り向くと、店は日の光をあびて、静かに遠くにあった。

夜、新潟市内に戻って、痛飲。

ジベルばら色。

五月某日　晴

いつもお世話になっている編集のひとたちと、食事。

中の女性一人は、ついこの前結婚したばかり。

「結婚の申し込みって、今も『娘さんを下さい』って言うものなの？」

と聞くと、

「まあ、そうですね」

との答え。

「そうすると、お父さんはやっぱり、難しい顔をして、しばらく黙ったあとに、『うむ』とか言うの？」

「うちの父の場合は、『わかった。それでは、これで乾杯しよう』って答え

て、おもむろに水に溶かしたプレーンのプロテインを、夫にさしだしました」

　ちなみに、お父さんも夫になったひとも、筋トレはしたことがないそう。

「じゃ、なぜ?」

と聞くと、

「若いひとにはプロテイン、って思ってたそうです。ちなみに、ストロベリー味のものも用意していたみたいですけど、好き嫌いがあるだろうから、プレーンにしたって」

とのこと。

五月某日　曇

　原稿を書きたくなくて、パソコンの情報の海にしずみこむ。

　といっても、どこに情報があるのかよくわからないので、まずは、よく知らない人のブログをぼんやり眺める。そこから、関連の場所にとんで、さらにまたとんで、ということを繰り返しているうちに、

「川上弘美が『マザー3』をやった時間を計算してみたら、一週間で百時間以上になるはず」

という、見知らぬひとの一文を見つけて、ぎょっとする。

約十年前に「マザー3」の感想を頼まれて「ほぼ日」に書いたわたしの文章から計算してみたらしい。

一週間に百時間。ということは、一日平均十四時間と少し。家事とか仕事とか打ち合わせとか買い物とかは、いったいどうなっていたのか。睡眠は。食事は。こどもは。人とのつながりは。わたしの人生は。

と驚いたところで、先々月の「東京日記」を思い返し、

「十年ひとむかし、と言うけれど、自分は何も変わっていないなあ。病気とか手術とか離婚とか文学的苦悩とかは、人間の性癖にほとんど影響を与えないものなのだなあ」

と、感動。感動していいのかどうか、不安なままに、感動。

五月某日　晴

というわけで、引き続き、自分のゲーム歴について、内省。

こどもが、初めて家にくる友だちを連れて玄関を開けた、ちょうどその直前にドラクエの難敵を倒したばかりで、

「ついにミルドラースを倒したよ！！！」

と、喜びのあまり興奮して玄関に走り出、初対面の小学二年生に抱きついて、おびえさせたこと。

ドラクエの中の愛するボス「デスピサロ」が、パーティーに参加してくれたのをいつくしみながら、エンディング後の世界を逍遥していたら、こどもに、

「ねえねえかあさん、もしデスピサロの名前が、ロン毛弘樹（デスピサロは、ロングの銀髪）とかだったら、そんなに好きになった？」

と、ささやかれ、以来デスピサロを「ロン毛弘樹」としか思えなくなって、恋心がしぼみ、しばらくはついこどもによそよそしくなってしまったこと。

某作家と、ドラクエの最高作が何か、お酒を飲みながらおだやかに談笑していたはずが、いつの間にかものすごく険悪な言いつのりあいになったこと。

くさくさすることがあると、I.Q.ファイナルの原始人をわざとキューブでつぶして気をはらしてきたこと（つぶれた時の声が、全部のキャラクターの中でいちばん「つぶれ感」に満ちているので）。

淡路恵子が亡くなった時、（これで、オンラインのドラクエをやらない主義の心の仲間が一人減った）と悲しみ、ひそかに黙禱したこと。

ドラクエとマザーとI.Q.ファイナルしかやってこなかった人生なのに、恋愛の思い出よりもゲームの思い出の方がずっと鮮明に美しくあり続けていることに、感動。感動していいのかどうか、不安なままに、感動。

五月某日　雨

友だちと、飲む。

「ジベルばら色ひこうしん」

という皮膚炎に、少し前になったことを、友だち、こっそり教えてくれる。

「なんだか、大島弓子か萩尾望都のマンガの題みたいだね」

と、二人で言いあい、ささやかに乾杯。

リア充拒否。

六月某日　晴

この数ヶ月の東京日記を読み返し、あまりに生活がインドアであることを反省。

久しぶりに、散歩に出る。

うしろを、サラリーマンの男性三人が、ゆっくり歩いている。

その三人の会話。

「昼飯、何にします」

「今日は暑いから、冷し中華とかですかね」

「ぼくは、おっぱいで」

「たまには、まわる寿司もいいんじゃないですか」

「いや、ぼくはおっぱいで」

「それとも、そばとか？」

「いや、おっぱい」

思わず、振り向いて三人をまじまじと見つめてしまう。

おっぱいで、と言いつのっているのは、中でいちばん年かさの男性、推定三十代前半。半笑いでスルーしようとしているあとの二人の、髪のムースがつやつやしい。

よっぽど仕事でいやなことがあったんだろうか、それとも特殊な業務連絡の類なんだろうか、それとも何かの呪いなんだろうかと、静かに思いをはせつつ足を速め、三人からいそいで遠ざかる。

六月某日　晴

また散歩に出る。

わたしと同じくらいの年のおばさんたちの集団が、楽しそうに笑いさざめきながら、うしろを歩いている。

近ごろはやりの「体幹」の話題で盛り上がっているもよう。

「姿勢よくするって言っても、へんなふうにしゃっちょこばってぴんとすると、腰を痛めるからね」

「体幹がしっかりしてると、楽な姿勢でぴんとできるのよ」

「背中は、そらしすぎず、もちろん前かがみにもならず」

と、なかなか参考になることを喋ってくれている。さらに耳をすませる。

「体幹も大事だけどね、頭をたてるのも大事なの」

「えー、どうやるの？　こんな感じ？」

実際に「頭をたてる」ことにチャレンジしているもよう。

「ちがうちがう、もっとよく頭をたてて」

「こう？」

「まだまだ、ほら、頭だけじゃなく、脳みそもたてて」

「そうか、脳みそをたてればいいのか、こうね」

「そうよそうよ」 

えっ、と、心の中で驚愕しつつ、そっとうしろを振り向く。脳みそをたてんと奮闘しているのは、真っ赤なストールを腰にまいた、フラメンコダンサーふうの、きれいなおばさんでした。

六月某日　曇

また散歩に出る。

幼稚園くらいの女の子たちが五人で遊んでいる。

「ねえねえ、あかちゃんごっこ、しよう」

「うん、しようしよう」

五人、額を寄せ合うような狭い車座になる。

「ほら、もうすこしでうまれるわよ」

「あっ、ほんと、あたまがでてきた」

「わあ、あかちゃん、ちだらけ」

「すごーい」

「たんじょうしたわねー」

和気あいあいと、五人は言いあっている。

ひっ、と心の中で叫んで、早々に立ち去る。

六月某日　雨

もう散歩に出ることはやめて、パソコンの七並べであそぶことにする。戦国武将や歴史上の人物と対戦するタイプのもので、いちばん強いのは真田幸村、いちばん弱いのは卑弥呼、策略をめぐらしているようにみえてなんだか間抜けなのが源義経、親切なのが日野富子。真田幸村、源義経、日野富子、自分の、四人対戦を十回ほどおこない、心の平安を得る。

リア充（散歩に出る程度のことをリア充と言うかどうかはさておき）の世界は、もうこりごりである。

まっちゃん。趣味は、競艇。

七月某日　晴

雑誌「群像」をぼんやり読んでいたら、みうらじゅんのエッセイがある。

「ピーポくんの名前の由来は、ピープル＆ポリスであって、パトカーのピーポー音由来ではない」

という意味のことが書いてあって、驚く。

七月某日　晴

やきとり屋さんで飲み会。

「ワインはいかがですか」とすすめられ、みんなで一本とることにする。

店のひとが、コルクを開けてくれる。

途中で、コルクがちょっと割れてしまうが、事なきを得て無事抜栓。

割れたコルクをかかげて、お店のひと、

「ああ、このワインの瓶にもコルクゾウムシが住んでたんですね。いいワインだ」

と、明るく言う。

「コルクゾウムシ？」

「ほら、こういうふうにコルクの断面に虫が走ったような溝があるでしょう。これは、コルクゾウムシがワインのコルクの中に住んでるからなんですよ。おいしいワインには、つきものなんです、コルクゾウムシ」
コ、コルクの中に住むゾウムシ？　一同、狐につままれた表情。お店のひとが去ってから、侃々諤々。
家に帰ってからも、検索したり昆虫図鑑を調べたりしたけれど、見つけることはできませんでした、コルクゾウムシ。

読者の方で、おいしいワインのコルク栓に住むコルクゾウムシについて詳しい方がいらしたら、ぜひご一報を。

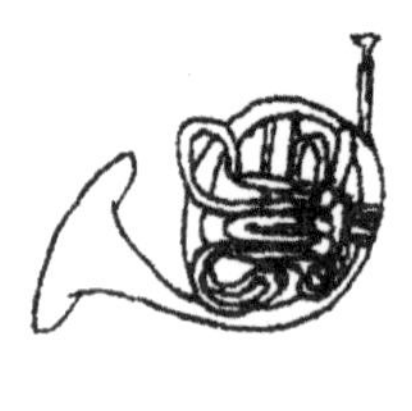

七月某日　晴

出先で、左足の小指の骨のつけねに、ひびが入る。

最寄りの整形外科で治療を受け、生まれてはじめて松葉杖を使うこととなる。

（松葉杖……）

実は、松葉杖には、ひそかなあこがれがあったので、内心うっとりする。

師長さんに松葉杖の使いかたを教わり、いそいそと帰宅。

七月某日　晴

松葉杖は、脇の下に杖をはさんでそこで体重をささえると思っていたのだけれど、実は杖のなかほどの握りをつかんでいる両のてのひらで、全体重をささえるのが正解なのである。

松葉杖二日めにして、てのひらと腕の筋肉痛で、すっかり参る。

クララとか、昔の少女小説とかの病弱な女の子たちは、実はものすごく腕からてのひら近辺の筋肉が発達していたのだなあと、遠い目になり黙考。

あと、妙な筋肉をいっぱい使うので、汗がだらだら出て、たくさんあせもができる。

クララとか昔の少女小説の病弱な女の子たちも、いっぱいあせもをつくっていたのだなあと、遠い目になり、ふたたび黙考。

七月某日　晴

整形外科に行き、診察を受ける。

待合室にいるのは、なぜだか年配のひとが多い。

「あら、おじょうさん」

と呼びかけられ、びくっとする。

「ち、ち、ちがいます、お、おじょうさんではありません」

と答えると、

「あらあらここでは、七十歳以下は、みんなおじょうさんなのよ」

とのこと。

そ、それが、武蔵野市の整形外科待合室ルールなんですか？

七月某日　晴のち雷

松葉杖生活のため、全然外に出ていない。

生来のインドア派なので、まったく問題はないと思っていたのだけれど、

「外に出られない」

となると、少しつまらなくなってくる。

電話する友だちもいないし、家人もいないので、松葉杖にぶつぶつ話しかける。

松葉杖。名前は、まっちゃん。性別、男。年齢、三十六歳。趣味、競艇。好きな食べもの、あんみつ。好きな女のタイプは、痩せ型で色っぽいタイプ。

会話の接点がなかなかみつけられず、結局、

「暑いですね」

「ああ、暑いよな」

というやりとりのみで終わる。

アイディアだおれ。

八月某日　晴

先月に引き続き、松葉杖生活。

仕事をする時に使っている車輪のついた椅子に座ると、片足で床を少し押すだけでそのまま部屋の中をすいすい移動できることに気づく。これなら、松葉杖をつくためにてのひらの筋肉を駆使する必要がない。

自分の知恵に大いに感心しながら、意気揚々と仕事部屋から廊下に出ようとしたとたんに、椅子が扉につっかかえる。

アイディアはよかったのだけれど、家の広さが徹底的に不足していたのだった。

八月某日　晴

身軽に動けないので、しかたなくずっとパソコンの前にいる。

仕事の合間に、ネットを眺める。

「蟲ソムリエへの道」という昆虫食のブログをみつけ、「お気に入り」に入れる。

八月某日　晴

ようやく骨がくっつき、杖をはずして一人立ちできるように。

わーい、と言いながらどすどす歩こうとしたけれど、うまく歩けない。たった一ヶ月で足の筋肉は減ってしまうのであった。あと、怪我をしてずっと使っていなかった方の足の甲に、ぜい肉がついて、血管が見えなくなり、もうっとしている。身体の神秘である。

八月某日　晴　夕方雷

まだゆっくりとしか歩けないので、人混みに行くと、邪魔にされる。

松葉杖をついていた時には、見知らぬひとたちもいたわってくれたのに、ただゆっくり歩いていると、ぶつかってこられたり、軽く突き飛ばされたりと、邪険にされるのである。

悲しい気持ちになりながら、昨日も見た「蟲ソムリエへの道」の中の、「トノサマバッタのアヒージョ」の写真を思い返し、自分をなぐさめる。

八月某日　晴

久しぶりの飲み会。

ずっと家人以外のひとと会っていなかったので、嬉しくて興奮し、飲み会の最中に鼻血を出してしまう。

恥ずかしいので、昨日また見た「蟲ソムリエへの道」の中の「タランチュラのマカロニグラタン」の写真を思い返し、自分をなぐさめる。

八月某日　晴

大掃除。

身体不如意のため、ずっとちょろちょろしか掃除ができなかったので。

楽しい。

掃除を「楽しい」と感じるのは、生まれてはじめてのことである。

これからはいつも、二ヶ月間ほど掃除をしないで、その末に掃除をしつつこの「楽しい」を味わおうではないかと決意しそうになる自分を、必死におしとどめる。

掃除で力を使い果たしたので、夕飯は、納豆ごはん（オクラ入り）のみ。

もうすぐ、八月も終わりである。

がらがらと崩れ去る。

九月某日　晴

足の怪我が完治したので、しばらく行っていなかった会合に出る。

みんな、にこにこして、

「あら、川下さん、ほんとによかったわね」

「家事とか、どうしてたの、川下さん？」

「これからはもっと気をつけなきゃよ、川下さん」

と、くちぐちに声をかけてくれる。

二ヶ月ほど会合を休んでいる間に、どうやらわたしは「川上さん」から「川下さん」になってしまったもよう。

存在感、まるでなかったのだなあと、はんぶん感心、はんぶん意気消沈。

九月某日　曇

お風呂にお湯をいれようと、風呂場に入ると、何か黒い影が風呂おけの中を走る。

「Gか?!」

と、身構えつつ気配を消しながら風呂おけを覗きこむ。

ヤモリであった。

つまんで、外に出してやる。

九月某日　雨

また風呂おけに、黒い影が。

今日は、ヤモリではなく、カマドウマである。

たぶん、網戸がよくしまっていなくて、その隙間から入ってくるにちがいない。

てのひらで囲ってそっと外に出してやる。

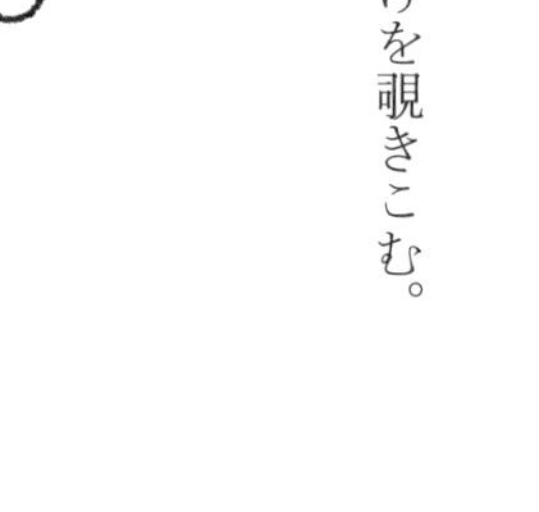

九月某日　曇

今日の風呂おけには、ショウリョウバッタがいた。

もしかすると、このへんの小さな生きものたちの間に、

「あそこの家の風呂おけに詣でると、来世に功徳をつむことになる」

などの評判がたっているのか？

九月某日　晴

今日の風呂おけには、猫が。

しーっ、と言って、おいだす。

昆虫類・爬虫類などには優しいが、哺乳類には優しくない自分を発見。

九月某日　晴

猫以来、風呂おけの訪問者、なし。

きっと、猫を追い払ったせいで、来世の功徳の風評は、ほかの家の風呂お

けに移ってしまったにちがいない。

これからは、哺乳類にも優しくしようと決意するも、どうにも意気が上がらず。

九月某日　晴

会合の日。

今日は「川上さん」と呼んでもらえるかと、どきどきしつつ行くと、やはり「川下さん」のままである。

もしかすると、骨にひびがいっている間に、わたしは並行世界にいつの間にか移動していて、そこではわたしは最初から「川下さん」であり、以前の世界では哺乳類にも優しかったはずがここでは優しくない対哺乳類冷酷タイプで、だから存在感が薄いのでもないし、猫を冷遇したという良心の呵責を感じる必要もないのでは。

と、内心で自己正当化をはかっている、そのすぐ横から、

「あら、川上さん、ようやく怪我がなおったのね」

という、明るい声が。

前回わたしが復帰した時に会合を休んでいた、某さんの声である。正当化、がらがらと崩れ去る。

食欲をなくす色No.1。

十月某日　小雨

倉敷へ、大学時代の古い友だちを訪ねる。

一緒に美観地区を歩いていると、倉敷デニムのお店が集まった一角がある。入っていって、見物。ジーンズ素材のいろいろな服を扱う店々の中に、「デニムまん」を売っている一角が。

「デニムまん」とは、皮が、ジーンズの青の色の、肉まんである由。

「食欲をなくす色No.1それは青色です」

というポップつき。

さんざん迷ったすえ結局デニムまんには挑戦できなかった自分のふがいなさを情けなく思いつつ、「ブルージーン酢（ブルーベリー味の黒酢）」を頼ん

で、ずるずるすする。
とても青くて、おいしかったです、ブルージーン酢。

十月某日　晴

一泊した倉敷から、帰る。

岡山の古本屋さんで、高村光太郎のエッセイ集を見つけ、新幹線で読む。

「私は蟲類に友人が甚だ多く」

「カマキリは人間の髪の毛が非常に好きで進呈すると幾本でも貪り食ふ」

という記述がある。

東京に着き、駅から家に帰る途中の公園で、偶然カマキリを見つける。いそいで自分の髪の毛を一本むしりとり、カマキリの口もとにもってゆくが、全然食べない。

光太郎と違って私が虫類と友人でないから食べてくれないのか、あるいは、もう弱っていて食欲がないのか。

たぶん、虫類と友人ではないからにちがいない。人間ばかりか、虫類にも友だちの少ない自分をかえりみ、いやな気分に。でもまあ、倉敷には少なくとも友だちが一人いる（十年にいっぺんくらいしか会わないにしても）と、自分をなぐさめる。

十月某日　曇

倉敷の友人から聞いた話。

学生時代、大学寮の隣室の同級生が、結婚式などでもらうピンクの風呂敷を、毎日頭に真知子巻きにして、通学していた。

あと、同じ寮のほかの同級生は、三ヶ月間同じ服を着て通学していた。

大笑いできるようなめざましい話ではないのだけれど、『なんとなく、クリスタル』と同時代の女子大生の多様性の証明として書きつけておいてもいいかなと思い、ここに記述する次第。

十月某日　晴

日本橋に行く。

スーツで腰パンの男のひとを見る。

「ピンクの風呂敷真知子巻き」に対応する着こなしかも、との印象を得、そこはかとなく嬉しくなる。

爆発しそうなんです。

十一月某日　晴

「今月の東京日記、更新しました」

というお知らせを、平凡社の担当者がメールしてくれる。

パソコンで、「ウェブ平凡」を検索し、「東京日記」をクリックしてみる。

けれど、更新はされておらず、前月のものが載っている。

あれ？　何かまちがったやりかたをしてしまったかな？　いぶかりつつ、もう一度検索をおこない、「東京日記」をクリックする。

まだ、前月のものである。更新の日付も、前月のもののまま。

平凡社に電話し、担当のひとに、平凡社のパソコンで見てもらう。

「更新、されてますよ」

とのこと。

もう一度、自分のパソコンで見てみるが、更新されていない。

パソコンに関して、ひどく不如意なので、ものすごく不安。もしかして、へんなところをいじって、へんな現象を生じさせてしまったのだろうか。もうこれ以上パソコンにさわらないようにして、抜き足さし足で部屋を出る（刺激して、パソコンが爆発してしまったりしたら、大変なので）。

十一月某日　晴

おそるおそる、パソコンにさわってみる。

しばらく原稿など書いてみたあと、ネットでまた「ウェブ平凡」のサイトをさがし、「東京日記」をクリックしてみる。

更新、されている。更新した日付は、昨日のものである。

「更新、うちのパソコンでも、されました」

と、喜び勇んで平凡社の担当者に電話する。

「そうですか。では、カワカミさんのところのパソコンは、きっと一日ほど時間がずれているんですね」

と、担当者、涼しい声で言う。

そうなのか？　そういう事例は、ネット上では、よくあることなのか？　心の中でおののくが、なにしろパソコンに関して、ほとんど何もわかっていないので、こちらも涼しい声で、

「そうですか。一日、うちは、ずれてるんですね」

と、返す。

電話を切ってから、どんどん怖くなってくる。一日ずれている？　では、ネットの世界では、いつの間にか、タイムリープが可能になっていたのか？

十一月某日　晴

一晩寝て、楽観的な気分に。

ほんとうにわたしのパソコンが時間の「ずれ」を生じているとしたら、これはもしかして、何かに利用できるのではないか。競馬とか、株とか、誰かのネット上の言葉を剽窃してまんまと小説に利用するとか。

いそいそとパソコンを立ち上げ、さてどんな悪事を働くかといろいろ考えるも、「時間が一日遅れている」ことを利用できる悪事を、どうしても思いつけない。

悪事でなくて、いいことでもいいかも、と、思い巡らすが、こちらも、思いつかず。現実の時間が一日遅れるなら、前の日に起こった事故などを事前にくいとめることができるかもしれないけれど、何しろわたしのパソコンの中だけでしか時間は遅れないのだ。

考えているうちに、またパソコンが爆発するような心もちになってきてしまい、抜き足さし足で部屋を出る。

十一月某日　晴

同報メールについている「cc」という記号は、「カーボン・コピー」の略であることを教えてもらう。昔、手紙を複数のところに出すために、複数の紙の間にカーボン紙をはさみ、一番上の紙に、筆圧強く文章を書いて、うつしを何枚もつくり、それぞれを投函した、という方法由来の言葉、とのこと。

そんな原始的な言葉が使用されているなら、パソコンはもしかすると爆発などしないのかもしれないと、ひと安心。

夕方、外が暗くなってくると、また不安がぶりかえし、パソコンがいかにも爆発しそうに感じられてくる。

抜き足さし足で部屋を出、たくさん大根おろしをつくり、シラス干しとまぜて食べる。不安、少し鎮まる。

生き霊をさばく。

十二月某日　晴

忘年会。

ものすごくもてるので有名なO田さんと、はじめて同席する。

いろいろなもて話をしてくれる。

中でいちばん印象に残った言葉。

「あのね、女の子とつきあって大変なのは、生き霊をさばかなきゃならないことなんですよ」

つきあっている女の子たちは、O田さんのもてぶりが心配なあまり、しばしば生き霊になるとのこと。

「生き霊は、どんなことをするんですか」

と聞くと、

「遅くまで仕事をして、一人になって、さあゆっくりビールでも飲もう、と思ったとたんに、生き霊があらわれて横に座り、うらめしげな顔でこっちを見続けるんだ。連絡するとか、会うとかするまで、ずっと去らなくて。おかげで、すぐに会わなきゃならなくなっちゃう」

「もし、生き霊を無視すると、どうなるんですか」

「無視できるわけないでしょ？　あなた、生き霊だよ。怖いじゃない」

ということで、O田さんは、みずから望んでではなく、やむにやまれず毎日のようにいろいろな女の子と会い続けなければならないそうです。うーむ。

十二月某日　雨

年末で忙しいせいか、たくさん夢を見るように。

昨夜の夢は、

「ギターを持って朗々と歌いあげながら満員のバスに乗りこもうとしている男のうしろについていてしまい、男のかわりに非難をあびる。男はちゃっかり満員のバスに乗りこみ、まわりの人たちを押しのけながら、あいかわらずギターで朗々と歌いあげている」。

十二月某日　曇

昨夜の夢は、
「ものすごく色っぽいおじさんに、膝蹴りをされる」。

十二月某日　晴

昨夜の夢は、
「出さなければならなかった手紙の返事を、ようやく書きあげるが、どうやっても内容がひどく失礼なものになってしまう」。
今月見る夢は、いやに現実感があって、なんだか疲れる。

十二月某日　晴

昨夜の夢は、

「師走の買い物をしに吉祥寺に行き、大根と人参と数の子と小松菜を買う」。ただの、今日の予定である。すでに、夢である意味を失っている。

十二月某日　晴

大晦日。

おないどしの友だちと電話。

「そうか、もう大晦日か。なんか、このごろ時間がたつのが早くて、大晦日が一年に五回くらい来るような気がしない?」

と、友だち。

ほんとうに、そんな感じです。

下駄スケート。

一月某日　晴

新年の、親類の集まりで、弟に会う。

「こないださ」

と、弟。

「仕事で、八十代のおばあさんの家に行ったんだけど」

うん、と、相づちをうつ。

「リビングの棚いっぱいに写真が飾ってあって」

うん。

「娘さん夫婦とお孫さんたちと一緒の写真や、若い頃の写真や、二十枚くらい額に入れてあるんだけど」

うん。

「でも、よく見ると家族の写真はそのうち五枚くらいで、あとはみんな斎藤工の切り抜き写真なの」

うん……。

「で、もっとよく見ると、二年前に亡くなったっていうご主人の写真は、一枚もないの」

……。

とても美しいたたずまいのおばあさんだったそうです。

一月某日　晴

飛行機に乗る。

空港のお手洗いに入ると、貼り紙が。

「きれいに使って下さってありがとうございます」

とある。

でも、一緒に書いてある英語は、

「Please keep the restroom clean」

である。

なぜ日本語でも「トイレはきれいに使って下さい」じゃないのだろう。

あるいは、英語圏の人に対しては、「ありがとう」を言う気持ちはないのだろうか。

婉曲表現も直截的表現もどちらでもいいけど、不公平は、困る。

……と、不機嫌なのは、これから飛行機に乗るのが怖いからである。何回乗っても、飛行機を怖がることが、どうしてもやめられない。案の定、上空で大揺れ。トイレの貼り紙に当たり散らしたバチか。

一月某日　晴

句会の日。

今日のお題は「スケート」。

中で、「下駄スケート」という言葉を使った俳句を作ってきた人がいて、話題の中心に。

下駄スケートとは、下駄の裏に刃（ブレード）をつけたもので、つまりスケート靴の靴の部分が下駄になっているスケートなのである。

「長野では、みんな普通にはいてましたよ」

とのことで、一同騒然。

中の一人がその場でネットを検索し、みんなに写真を見せてくれる。ほんとうに、下駄に刃がついたものでした。田んぼに水をまいて凍らせたスケート場で、下駄スケートをはいては、するすると毎日すべったものだそうです。かっこいい……。

一月某日　晴

ゴータマ・シッダールタの死因は、トリュフにあたったことだと教わり、驚く。

そういえば、久保田万太郎の死因は、赤貝を喉につまらせたことだった。

人生の危機は、どこにあるかわからないのである。

どうかこの世界が、これ以上の危機におちいることなく、少しはつつがなくなりますように。と、新年のお祈りを心の中でつぶやいた私でありました。

初出　「WEB平凡」（http://webheibon.jp/）二〇一三年二月～二〇一六年三月

あとがき

「東京日記」も、この巻で五冊めとなりました。読者の方からときどき、「ほんとうのことがほとんどだ、と言っても、それはやっぱり嘘で、東京日記の半分くらいは、つくりごとなのですよね？」と聞かれます。

いやいや、あきらかに「この月のはつくりごとだな」とわかる時以外は、たいがい、ほんとうのことなのです。妙なことがよく起こるので、近ごろは、神さまが

「東京日記」のために、妙なことを引き起こしてくださっているのではないかと思うほどです。

でも、ほんとうは、わたしではない、読者のみなさまの身の回りでだって、妙なことは、いつも起こっているのだと思います。なぜなら、わたしの身の回りで起こる妙なことは、わたしが自分で引き起こすことではなく、知人や友人が引き起こしてくれることだからです。

小説などを書くという特殊職業などにはついていない、ごくまっとうな社会人である彼ら彼女らが垣間見せてくれるさまざまなことには、ほんとうにいつも驚かされます。事実は小説より奇なり、という言葉どおり。ですから、みなさまの回りでだって、いつもきっと、不思議なこと、愉快なことは、たくさん起こっているにちがいないと確信するのでありました。

ちなみに、近所のカップルは、結局今も復縁していません。それから、西友には、ちゃんとメタリックブラジャーが、ありました。

二〇一七年春　武蔵野にて

川上弘美（かわかみ・ひろみ）作家。一九五八年、東京都生まれ。著書に、『センセイの鞄』『真鶴』『大きな鳥にさらわれないよう』『ぼくの死体をよろしくたのむ』ほか多数。『東京日記』シリーズは、『卵一個ぶんのお祝い。』『ほかに踊りを知らない。』『ナマズの幸運。』『不良になりました。』が現在刊行中。

東京日記5　赤いゾンビ、青いゾンビ。

二〇一七年四月二四日　初版第一刷発行

著　者　川上弘美

絵　門馬則雄

発行者　下中美都

発行所　株式会社　平凡社
〒一〇一-〇〇五一
東京都千代田区神田神保町三-二九
電話　〇三-三二三〇-六五八四（編集）
〇三-三二三〇-六五七三（営業）
振替　〇〇一八〇-〇-二九六三九
ホームページ　http://www.heibonsha.co.jp/

印刷・製本　三永印刷株式会社

ISBN978-4-582-83755-1 C0095 NDC分類番号914.6 四六判（19.4cm） 総ページ176

東京日記5

赤いゾンビ、青いゾンビ。

川上弘美

絵　門馬則雄

平凡社